主编　凌翔

当代作家精品·散文卷

輕言慢語

劉家魁

安春红　著

天津出版传媒集团
天津人民出版社

图书在版编目 (CIP) 数据

轻言慢语 / 安春红著 . -- 天津 : 天津人民出版社，2024. 12. -- (当代作家精品 / 凌翔主编). -- ISBN 978-7-201-20882-4

Ⅰ . I267

中国国家版本馆 CIP 数据核字第 20240H0K59 号

轻言慢语
QING YAN MAN YU

出　　版　天津人民出版社
出 版 人　刘锦泉
地　　址　天津市和平区西康路 35 号康岳大厦
邮政编码　300051
邮购电话　(022) 23332469
电子信箱　reader@tjrmcbs.com

责任编辑　岳　勇
封面设计　吉建芳
封面题字　刘家魁
主编邮箱　jfjb-lx2007@163.com

印　　刷　三河市金元印装有限公司
经　　销　新华书店
开　　本　710 毫米 ×1000 毫米　1/16
印　　张　15
字　　数　255 千字
版次印次　2024 年 12 月第 1 版　2024 年 12 月第 1 次印刷
定　　价　59.80 元

邻家小妹淘洗文字

——安春红散文随笔集《轻言慢语》序

王其成

20世纪90年代中期，安春红几乎和我同时从乡镇学校调到宿迁中学。起初她教初中我教高中，来往较少，不大熟悉；一轮小循环过后，她调来了高中部，我们才开始真正共事；此后20多年，虽未一直带同一年级，但在一个教研组，都教语文，过从自然是甚密的。

接触久了便知道安春红是一个十分单纯的女子，她高挑的个子下包藏着一颗童稚的心，并不因年龄增长而变得成熟，即使现在她已退休，仍呈现邻家小妹般的神态和性情。这绝不是表演出来，而是天生如此。当然于我而言她确乎是邻家小妹了，当初我们同住在单位集资建房里，拆迁后竟又不约而同选择同一个小区。

在办公室里我们说什么她都相信，还郑重其事地弄一个本子记下来，她的上一本书《木槿花》中的《诗意地工作生活着》就是根据当时的记录整理而成。有时我们讲的内容有点夸张，她会睁大眼睛看着我们，发出惊奇的询问："啊？真的啊？"偶尔我们故意逗她，她也会半信半疑嗔一句："嗯嗯，俺不相信。"因之同事不分大小都喊她小安或安（俺）小妹。纵使她已做了外婆，我们还会一不留神脱口而出“小安”，总感觉岁月在她身上不留痕迹，她还一如既往地“小”着。

这种性情的人为文一定清纯如草尖上的露珠，干净似林梢的轻风，她摘取的文字就像在少年时代故乡村口的小溪里淘洗过一般，水灵灵湿漉漉，纤尘不染，掬之可餐。

现在摆在我们面前的《轻言慢语》，就是这样的一本书。全书 71 篇散文，分三辑编排。第一辑“草木人间”写的都是生活中的花花草草，阅读这些文章就像穿行在故乡的田野，或漫步在小区后面的水景公园，一棵棵熟悉的不熟悉的小草顶着宿雨水珠打湿了晨光中的期待；那盛开的花朵就摇曳在道旁或阳台，芳香沁入走过的所有脚步和每一个慵懒中醒来的午后。狗尾巴草、梭鱼草、沿阶草、繁缕草，牡丹花、凌霄花、绣球花、水仙花、木香花，甚至芦花，都来文集中开会了。作者写这些花草，不仅描摹物态、倾注情感，还顺着草根花径把触角伸进古代典籍，萃取花草蕴含的文化韵味，比如《春草芳菲》中写繁缕引用了《本草纲目》的条文；写《狗尾巴草》摘来《诗经·大田》里的句子“既坚且好，不稂不莠”；写牡丹拿武则天来陪衬；写《芦花漠漠》更是与《诗经·蒹葭》相得益彰。几乎每一篇美文都有古典诗文入住，使得现代的花草散发着古典的芳香。在我看来，这一辑里的文章感性小女人的情怀浓厚，最“安春红”。

第二辑“亲情诗韵”和第三辑“遇见美好”都是写人，前者写生命中最亲近的人——父母、子女、学生；后者写生活中偶遇的人，或擦肩而过留下美好，或成为挚友延续真情。其中我最欣赏写学生的篇什。天下学生写老师的文章多矣，而老师写学生的文章则鲜见。阅读安春红老师的这些文章，我顿觉惭愧。我曾经想把我从教以来的所有科代表都写一遍，但至今杳无动静。所以阅读小安的师生深情，于我心有戚戚焉。文章有的写群像，如《59 片叶子》《“二王子”之争》《青春四月，风雨兼程》；有的写个体，如《弟子清怡》《小女飞扬》。无论是一个人还是一群人，在作者笔下都青春洋溢、诗意盎然、浪漫活泼，仿佛把我们带到了多姿多彩的校园和课堂。《59片叶子》布置捡树叶的作业已经够浪漫的了，又在树叶上写下诗意和真情，多么生动有趣啊！就连枯燥单调的监考，她也能写出文采飞扬的文字。如果不是对生活的热爱、对教育的钟爱、对弟子的喜爱，怎么会有这些美丽动人的笔触呢！

安春红的文章不追求微言大义，她总是以小女人的视角审视纷繁的世界，然后截取细细碎碎的片段，用感性的情怀过滤，因此语言表述洗练质朴，娓娓道来，不事雕琢，如清水芙蓉。读来似有远村炊烟的袅袅状、家乡清溪的潺潺声。

2023年3月于宿中明德楼

（作者为江苏省作协会员、宿迁市作协副主席，江苏省宿迁中学语文教师、校报主编）

目　录

第一辑　草木人间

第二辑　亲情诗韵

附小诗

第一辑

草木人间

春草芳菲

暑假里，学生送我一盆茉莉花。整整一个夏季和秋季，客厅里都飘着淡雅的茉莉花香。

当最后一朵茉莉花落下，当所有绿叶都已凋零，已经到了寒冷的冬天。我把花盆移到了阳台上，让每一天的阳光都能温暖到这盆茉莉花，也经常往盆里浇浇水。听说淘米水养花好，于是，平日里就把一些大米水、小米水倒进这个大花盆里。没想到花盆里竟陆陆续续长出好多好多嫩绿来，小小的柔柔的。看着它们这么努力旺盛生长的样子，就没舍得拔掉。好吧，就由它们自由生长迎接春天吧。于是它们就长成了现在这个样子：茂盛、繁密、葳蕤、蓬勃。

它们在花盆里生长着，长出了好几个模样，竟然没有一个我认识的。把它们的照片发朋友圈请教，朋友推荐给我识花神器——“形色”，在识花神器帮助下，我知道了它们的芳名，现在和大家一起分享，也许你也喜欢呢。

早熟禾。一听这名字，你是不是和我一样，认为一定是一种谷物？可它仅仅是外表像禾而已，它是野草。眼前的这棵早熟禾也许是混在小米或者荞麦里的吧。它还有一个别名——小鸡草，此草营养丰富，各种家畜都喜采食。早熟禾生长时间较长，从早春到秋季。我家花盆里的早熟禾已经开出小小的米白色的花穗了，名副其实的早。

每次看到早熟禾，不知为何，总是让我想起《诗经·黍离》中的诗句：“彼黍离离，彼稷之苗。”这里的“黍”“稷”都是谷物。先民的一唱三叹深深地震撼着我：“行迈靡靡，中心摇摇。知我者，谓我心忧；不知我者，谓我何求。悠悠苍天，此何人哉？”那满眼碧绿的黍稷，都是先民浓厚的孤独与悲伤！先民的“黍离之悲”对后代产生了深远的影响。

沿阶草。多么朴实的名字，读着它的名字，我的眼前绿意葱茏，小路边，石板缝，只要有一点泥土，就奋力生长。花盆里的沿阶草纤细碧绿，长势茂密，花亭直挺，花色淡雅。当第一缕带着寒气的春风吹来，沿阶草已经郁郁葱葱。虽生为草芥，但生生不息！

心叶日中花。我反复吟咏这个名字，真叹服给它起芳名的人。我一次一次端详此花，细细的茎铺散开，叶片心状卵形，叶子中间有米粒大的小花苞。我猜，也许是因为花苞在叶子中间才得此名吧。

心叶日中花别名也特别清新可爱：花蔓草、露花、露草、牡丹吊兰，可是我还是最喜欢“心叶日中花”这个大名，每念一遍，心中似乎就有了阳光的温暖花儿的芳香。

繁缕。看到这个名字，你是不是有种剪不断理还乱的感觉？此草茎蔓繁多，蓬蓬勃勃。有位朋友看到我发的照片，猜测是豌豆苗。的确有点像，只是比豌豆苗纤细了一些。查找到的资料介绍：繁缕食用部分为嫩梢，其味似豌豆尖，但比豌豆尖更柔嫩鲜美，无论炒食、凉拌、煮汤（放入开水中数秒钟后即可起锅食用）都具良好风味。这位朋友看到这里，是不是有点小开心？真的是一道美食。

繁缕是繁殖力极为旺盛的植物。一年到头开满了白色星形的花朵，四处散播数万乃至数百万颗种子。嫩叶可以供人类食用，种子则非常受鸡和鸟类的喜爱，这些都是大地的恩惠，因此繁缕的花语是“恩惠”。据说，凡是受到此花祝福的人，都富有博爱之心。我的朋友们，相信你们都是得到此花祝福的人！

繁缕是雅士们叫的名字，它还有别名：鹅肠菜、鹅耳伸筋、鸡儿肠，是不是很土气？但是千万别小看它，它可是一味中药材，很多医书都有记载呢。

《本草纲目》“菜部第二十七卷菜之二”就是“繁缕”。书中记载，“时珍曰：此草茎蔓甚繁，中有一缕，故名。俗呼鹅儿肠菜，象形也。易于滋长，故曰滋草。《古乐府》云：为乐当及时，何能待来滋。滋乃草名，即此也。”

《贵州民间方药集》上的繁缕：解热利尿，催生，催乳，活血化瘀。治跌打损伤，消伤肿，又治无名肿毒。

《中国药植图鉴》中的繁缕：生叶揉汁，外用治疮伤；茎叶拌盐咬之，能治齿痛；醋和，或烧存性麻油调敷疮及肿毒。

看似纤弱的繁缕，生命竟如此丰富旺盛，乐于奉献自己的所有，也许它把命运中丝丝缕缕的牵绊都当成了责任当作了使命。我不禁对它刮目相看，充满敬意。

每一株小草都有自己的芳名，我默默地念着它们的名字，唇齿清芬。

不知不觉，东风又吹绿一年，春草也已然芳菲。在这料峭的东风里，它们以碧绿蓬勃的姿态拥抱春天。那么我们又将以怎样的姿态拥抱我们生命里的春天呢？

2018 年 2 月 10 日

的历，的历，流萤

从没有想过，有一天，我会跟着旅行团行程几百公里去看萤火虫。

心心念念想着，像是去会少年时候的朋友。

导游介绍，山东沂水萤火虫水洞是一个特大型地下暗湖岩溶洞穴，该溶洞约形成于1100万年前，全长1800米，里面生活着一种萤火虫，数量很多。原来，这里的萤火虫都藏在水洞里面了啊。

跟着导游进入幽深的山洞，一阵潮湿的清凉扑面而来。洞内光线暗淡，主要靠岩壁上的电灯照明。里面的通道比较宽敞，有的地方可以并行三四人。走了好长一段地下通道，导游说，前面就要到萤火虫水洞洞口了，大家是坐在船上观看，上船后必须关闭手机，不能有一点亮光，否则会惊吓到萤火虫。

我们乘上靠绳索牵引的小船，慢慢地驶入水洞幽暗处，突然是一片漆黑，船上有人惊呼，特别是孩子，不适应这突然的黑暗。我伸出五指，检视这黑暗，这是一种久违了的黑暗，一种伸手不见五指的黑暗。

“快，抬头看，萤火虫！”不知是谁喊了一声。我赶紧抬头仰望，头顶上的岩壁上布满了密密麻麻的萤火虫，在这黑漆漆的山洞里，发出绿莹莹的光。有的飞速划过我们的头顶，像一颗小小的彗星。有那么一瞬间，这莹莹的光似乎驱散了那浓重的黑暗。但是也就仅仅几分钟，我们就告别了萤火虫。不一会儿，我们就望见了人间的灯光。

同船的孩子惊讶地问：“咦，萤火虫呢，怎么没有了？”

孩子失望地举着手里的瓶子对妈妈说：“可是我没有捉到一只萤火虫啊！”

已经到了洞外，孩子还不甘心地回头张望，看着手中空空的美丽的瓶子，念叨着：“我还没有捉到萤火虫啊。洞口卖瓶子的阿姨说能捉到的。”

看着孩子失望的样子，我有些心疼。真想告诉那个孩子，曾经，的确可以捉到萤火虫。记得我小时候，夏天的夜晚，坐在庭院里，奶奶手摇蒲扇，给我们姐弟讲囊萤夜读的故事。弟弟似乎得到故事的启发，在一个漆黑的夜晚，竟跑到家后面水稻田里捉萤火虫。也许是那个时候萤火虫较多，也许是萤火虫为了满足一个孩子的愿望，弟弟居然捉到了一只。小小的萤火中在玻璃瓶中闪闪发光，小小的萤火照着弟弟明亮的眼睛。

要告别这里的萤火虫了，我没有想象中的老朋友见面的惊喜，反倒是有点遗憾和失落。这已不是我幼年时候故乡的萤火虫了。我故乡的萤火虫生长在小河边，草丛里，可以自由地飞翔在星光下，田野上，甚至小小的院落里。在凉爽的夏夜，它们可以和孩子们一起捉迷藏，也会满足孩子们小小的好奇心，轻轻落在他们的掌心。在漆黑的夜晚，它们还会结伴飞行在夜行人的身旁，为夜行人照亮回家的路。

尽管我们今天不再有人还像车胤那样在萤火中苦读，但是“囊萤夜读”的故事一代又一代地传承下来，那微弱的流光还是照亮了一个又一个勤奋刻苦的读书人的世界。

小小的萤火虫在大诗人李白的笔下，是多么地顽强耀眼：“雨打灯难灭，风吹色更明。若非天上去，定作月边星。”

晚唐杜牧有一首《秋夕》:“银烛秋光冷画屏，轻罗小扇扑流萤。天阶夜色凉如水，坐看牵牛织女星。“这首诗通常理解是写一个失意宫女的孤独生活和凄凉心情。从“轻罗小扇扑流萤”句，可以想象到她的寂寞与无聊。她无事可做，只好以扑萤来消遣她那孤独的岁月，借此驱赶包围着她的阴冷与索寞。古人认为腐草化萤，虽然这种说法是不科学的，但萤总是生在草丛、冢间那些荒凉的地方。因此有人认为，在宫女居住的庭院里竟然有流萤飞动，宫女生活的凄凉也就可想而知了。

但是不知为何，我每次读到“轻罗小扇扑流萤”句，眼前总会出现这样的画面：一个年轻美丽的女子，着月白色的绫罗衫，玉手轻执罗扇，轻点凌波微步，轻盈追扑流萤。这幅画里的女子活泼可爱，热爱生活，对爱情充满着美好的憧憬。在此，算作我对这个千年前的女子美好的祝愿吧。

突然想起一首儿歌：“小小萤火虫，屁股挂灯笼；游戏草丛中，夜晚闹哄哄。”

歌声还在，虫儿已远。

2018 年 8 月 1 日

狗尾巴草

早晨，来到荷塘边，拜访碧绿圆润的荷叶，亭亭玉立的荷花，和它们待一会儿，似乎一天都清清爽爽，一天都氤氲着清凉的香气。

离开时，经过一片用石头铺就的斜坡。几簇毛茸茸的花向我招手，哈，是狗尾巴草！你们怎么长在这里呢，这儿可是铺上了坚硬的石块，你们竟然从石缝里长出来了！

狗尾巴草可以说是老朋友了，少年时候就认识。狗尾巴草的茎细细长长的，碧绿而清秀，茎梢上顶着毛茸茸的像狗尾巴一样的花朵，狗尾巴草也许就是因此得名吧。它们在风中摇曳的样子很美，每次看到它们我都感到特别亲切。今天，给它们拍几张照片，就以巨石为背景吧。

碰巧的是，在回去的路上，看到园林工人在整理花圃，他们的车上竟然还有很多狗尾巴草，这些都是被连根拔起的狗尾巴草啊！看着这些摇摇晃晃的狗尾巴草，我真的想把它们从车上拉下来，但是犹豫了一下，还是默默地走开了。狗尾巴草，城市里的公园不属于你们！

也许，你们还是属于家乡那广阔的田野，属于那群无忧无虑的孩子们吧。在田野上长大的孩子，谁的童年里没有一朵摇曳的狗尾巴花呢？

在我的记忆里，家乡的田埂上，小路旁，菜园边，随处可见狗尾巴草。下田劳动的时候，路过它们的身旁，它们总是要摇摇那碧绿的秀气的尾巴。那毛茸茸的尾巴抚过我们裸露的小腿，痒痒的，柔柔的，有时候，忍不住弯下腰，抚摸它一下。

我和小伙伴们最喜欢用狗尾巴草编成小兔子，手巧的就编成小狗小猪，最简单的是缠绕成手镯。割草时候，我们的篮子上，时常摇晃着一只用狗尾巴草编织的碧绿色的小猪或小兔子。男孩子们常常会把狗尾巴草细长的茎横着衔在嘴里，那朵毛茸茸的狗尾巴草就在男孩子们健康红润的脸颊旁低垂着，摇摇颤颤的。在课间，顽皮的孩子会拿着一朵小小的狗尾巴草，挠挠那昏昏欲睡的同桌，也许是太困了吧，同桌只是用手摸摸，接着又趴下了。狗尾巴草，狗尾巴草，开在故乡广袤无垠的原野里，开在童年纯真无邪的岁月里。

上中学时，从"良莠不齐"不稂不莠"这些词语里，知道狗尾巴草还有一个名字，它叫"莠"。事实上，这个名字已经使用了两千多年，是我们老祖先们给它起的名字。《诗经·小雅·大田》："既坚既好，不稂不莠。""莠"，这个名字，特别是这个"莠"字，"草"字头加上"秀"字，是不是我们先民也认为它外形秀美？我们先民给它起了个文雅的名字，犹如我们的大名，狗尾巴花也许是人们对它的昵称。

没想到狗尾巴草也有花语呢，它的花语是"沉默、坚忍、不被人了解的、艰难的爱"。这花语听上去怎么有点严肃沉重呢。可是我眼中心中的狗尾巴草，似乎从来没有表现出这种生命的艰难沉重，它展现给我的，似乎永远都是那么轻松自得、轻盈坦荡。这也许才是狗尾巴草面对生活面对生命的态度吧？

今天，我在城市的公园里遇见了童年的伙伴——狗尾巴草，不知道它们是何时飘落在了这里。但是它们的热情不曾改变，它们的随遇而安不曾改变。我更想知道，故乡那小路旁水沟边随风摇曳的狗尾巴草，是否依然开得坦荡茂盛？是否依旧给孩子们的童年送去欢乐？

2017年7月6日

菏泽牡丹

朋友说："周末到菏泽看牡丹呗？"

"菏泽也有牡丹？"

"菏泽古称曹州，菏泽牡丹历史悠久，闻名四海，现在拥有全国面积最大的牡丹园。"

我真的孤陋寡闻，只知道洛阳牡丹，不知道菏泽也有牡丹。好，去菏泽看牡丹，不由欣然跃然。

我对于牡丹最初的印象，源于20世纪80年代电影《红牡丹》的主题曲《牡丹之歌》，这首歌在当时广为传唱，也成为我青春岁月中经典歌曲。在单调的劳动中，在迷茫困苦中，一次次在我心中响起，给予我希望和信心。现在将亲临牡丹园，一睹牡丹的芳颜，我充满着期待。

终于，我们踏上了拜访菏泽牡丹的旅程。

朋友和我一样兴奋，我们一路上说的都是牡丹，说起刘禹锡在《赏牡丹》中对牡丹的赞美："唯有牡丹真国色，花开时节动京城。"说起欧阳修在《洛阳牡丹图》称赞："洛阳地脉花最宜，牡丹尤为天下奇。"

还有那个关于武则天在寒冬飞雪中令牡丹仙子盛开的传说。据说，一日武则天饮酒赏雪，见蜡梅迎雪怒放，清香扑鼻，龙颜大悦之余，竟醉笔写下诏书："明朝游上苑，火急报春知。花须连夜发，莫待晓风吹。"百花慑于帝王之命，一夜之间竟然真的竞相开放，只有牡丹抗旨未开。武后勃然大怒，遂将牡丹贬至洛阳。这个故事出自宋人笔记《事物纪原》："武后诏游后苑，百花俱开，牡丹独迟，遂贬于洛阳。"后人杜撰这个故事，也许想表达一个美好的愿望：让生命有尊严地绽放。

朋友家先生更是一路纵情高歌：啊 / 牡丹 / 百花丛中最鲜艳 / 啊 / 牡丹 / 众香国里最壮观 / 有人说你娇媚 / 娇媚的生命哪有这样丰满 / 有人说你富贵 / 哪知道你曾历尽贫寒 / 啊 / 牡丹 / 啊 / 牡丹……

在"啊牡丹……啊牡丹……"的歌声中，我们在下午 2 点到达曹州牡丹园。一进牡丹园，我被满园的花团锦簇、色彩缤纷震住了。我们一下子真的不知道从哪里看起是好，朋友说，我们就按照园区分布图示观赏吧。整个园区分成了几个观赏区，有主题牡丹观赏区、曹州牡丹园古谱区等，我们首先在主题牡丹园观赏，白色系的牡丹洁白如雪，红色系的牡丹艳丽如霞，绿色系牡丹碧如翡翠，黄色系牡丹闪动着金色的光芒，那淡淡的蓝色系和嫩嫩的粉色系牡丹，让我们感到宁静和纯粹。也终于见到了传说中的黑牡丹，曾一直好奇它的黑，想当然地以为是黑如墨炭，其实并非如此，而是近于黑色，我们在园中见到的黑牡丹是烟绒紫，颜色比我们常见到的紫红色要深得多。

这些大朵大朵的牡丹啊，如此地雍容华贵，散发着炫目的光彩。我们似乎都不敢大声说话，怕我们的语言惊扰了她们的美丽。我们在园中流连忘返，直到太阳落山。

第二天，我们前往郓城，在途中竟发现路旁有块一眼望不到边的牡丹田，洁白的花朵在阳光下闪着光。我们赶紧停车，欢呼着来到牡丹田里。这里的牡丹都是单瓣的，比曹州牡丹园里的单薄了很多，犹如小家碧玉。朋友家先生高兴地说："牡丹花下死，做鬼也风流。今天就死一次，风流一次。"朋友笑道："准了！今天你死十次吧，过把风流瘾。来，准备好，我来拍照。”于是，他开心地仰卧、侧卧，坐着、躺着，朋友一边拍照一边指导姿势。他们夫妇俩真逗，看着他们如此随性地玩耍，我一边大笑一边感谢这些牡丹带给我们的快乐。

这时，有个中年女子背着大大的蛇皮袋子来摘花，我们问她摘花做什么的，她告诉我们，用这些牡丹花做花饼，做精油。我们一起帮她采花，难得有机会做一回“采花郎”“采花女”，人多力量大，不一会儿，摘了满满一袋子，她走的时候，送给我们一人一朵牡丹花。我们也要赶路了，一上车，朋友赶紧拿一瓶纯净水，把牡丹花小心翼翼地放进去。

朋友说，这里的牡丹比曹州牡丹园看得更尽兴，真的是意外之喜。

的确，这里的牡丹给了我们一种随性的自在的美！各美其美吧！

2018 年 4 月

凌霄花

公园里的一处篱墙上，开着一些橘红色的花朵，一簇一簇的，形状如喇叭，非常可爱。有几朵凋落在浓绿的冬青上面，红绿相映，特别醒目。尽管已经凋零了，还是那么鲜艳。旁边还有一丛毛竹，有两朵花已经藏到毛竹丛里了。

每次经过，都忍不住驻足，拍下它们俏丽的身影，是在这里第一次知道了她们的芳名——凌霄花。其实，在未见到真实的凌霄花之前，我对她一直是有误解的。

这个误解源于20世纪80年代我读大学时候。那是个人人热爱诗歌的年代，大学校园随处可见手捧诗集的同学，我的舍友对朦胧诗人如数家珍，著名女诗人舒婷的《致橡树》，更是风靡校园，同学们见面都喜欢来一句“我如果爱你”。也就是在这首诗里，我第一次知道了“凌霄花”，诗的开篇是：“我如果爱你——绝不学攀缘的凌霄花，借你的高枝炫耀自己。”这几句诗深深地影响了我对凌霄花的认知。其实我非常喜欢她的名字，但诗中说她会“攀缘”爱“炫耀”，于是年轻的我毫不犹豫地有些鄙夷她了，再也没有想过要真正去认识她。那时候我又特别喜欢《致橡树》这首诗，每一次的诵读，似乎又强化了凌霄花“攀缘”“炫耀”的形象，所以，这么多年来，凌霄花一直都是《致橡树》中的那个攀附的形象，至于凌霄花长什么样子什么颜色我一直不知道，似乎也没有想过要去认识她。事实上，凌霄花一直被我误解着。

其实，凌霄，是一个多么让人奋进的名字！“凌者，逾越也；霄者，云天也。”

凌霄早在《诗经》里就有记载，当时人们称之为“陵苕”，“苕之华，芸其黄矣”，说的就是凌霄花开了，一片黄色。凌霄花之名始见于《唐本草》，该书在“紫葳”项下曰：“此即凌霄花也，及茎、叶具用。”

清人李渔在《闲情偶寄》里对凌霄评价极高：“藤花之可敬者，莫若凌霄。”称其为“天际真人”，不是想看就能看得到的，想得到此花，必须先准备好奇石古木来让她依附，否则无所依附就不会生长，就是生长了也长不高。他感叹自己年纪大了，没有办法找这些奇石古木，又没有闲钱去买，又特别想看到凌霄花，只能到深山里去。他老先生认为只有马上出发，才能缓解心里的遗憾。

我何其幸运，不必车马劳顿跑到深山老林就可以一睹凌霄的芳颜。

凌霄花的花语是：声誉；慈母之爱。凌霄花与冬青、樱草放在一起，结成花束赠送给母亲，表达对母亲的热爱之情。

凌霄，在中医学上，还具有药用价值，能行血去瘀、凉血祛风，这何尝又不是她对人世间的慈爱呢？

凌霄，喜爱攀缘，这是上天赋予她的特质，坚强不屈、乐观向上，这是上天对她的厚爱，那么就祝愿这朵小小的艳丽娇美的花儿心藏凌云之志吧！

我想，人也应如是：珍惜上天赋予的资质，安静自守，努力展现自己生命独特的魅力，哪怕被他人误解！

2018 年 5 月

芦花漠漠

冬日的傍晚，公园显得特别空旷和寂静。曾经的姹紫嫣红芳华烂漫都已隐退，满园的落叶别有一番冬天的韵致。河面更开阔了，河水显得很平静，河边那一丛丛一簇簇的芦花静静地开放，几只小野鸭不时钻到芦苇丛中嬉戏。

每次看见芦花，犹如遇见家乡人，亲切而温暖。那朵朵芦花，蓬蓬松松，随性自在。忍不住摘一朵在手，柔柔的暖暖的，低头嗅一嗅，有着阳光和尘土的气息，轻轻地摇一摇，花絮纷飞。

在轻扬的飞絮里，我仿佛看见我的曾祖母坐在正午的阳光里，为我编织过冬的保暖鞋。她的左手边是一大把细细的麻绳，右手边是一篮子蓬蓬松松的芦花。阳光照耀着曾祖母满头银发，也照耀着她身旁朵朵芦花。曾祖母用芦花编织的鞋子有一个听起来暖乎乎的名字——毛瓮，把它叫“毛瓮”是指鞋子看起来毛乎乎的并且像瓮一样口小肚大，现在年轻人基本上不认识这种鞋子了。在我的记忆里，曾祖母编织的毛瓮还是比较秀气好看的。最漂亮的是在毛瓮的底子上装上两片木头，走起路来，咯哒咯哒地响，好神气。如果手里再拿着两条小手绢，好像是扭秧歌。我读大四那一年，曾祖母永远地离开了。

上高中的时候，我家里有好几亩地，星期天都要在家把农活忙好了才能去上学。有一次，等我和妈妈把社场上晒的稻子收进仓里，天色已晚，我和弟弟背着些大米急忙忙赶往学校，我们想抄个近路，结果走进了一大片芦苇地，高高的密密的芦苇一下子把我和弟弟淹没。我紧紧拉着弟弟的手，小心翼翼，偶尔惊飞起来的一只小鸟，会把我们吓得惊慌失措。幸好，那晚月亮皎洁；幸好，芦苇地里有一条弯弯曲曲的小路。我们不知道走了多久，终于到了大路上，当我们望见了人家的灯火，犹如在茫茫大海中漂泊的人望见了家。当我们赶到学校，晚自习已经结束，班主任找我们了解情况，叮嘱我们以后要把安全放在第一位。后来，我的梦里常常出现那一大片芦苇地，我怎么也走不出去。

大学哲学课上，那位年轻高冷老师，把法国思想家帕斯卡尔的一句名言送给了刚刚进入大学校门的我们：人是一根会思考的芦苇！让我们记住：人只不过是一根芦苇，是自然界最脆弱的东西；但他是一根会思考的芦苇。可以囊括宇宙，可以通向无穷，人因会思考而高贵，高贵到知道自己的卑微和高贵。老师这一段绕口令似的高论让我们喜欢上了他的课，喜欢上了哲学。

我也记住了这句名言，不是因为它蕴含的哲理，而是因为它用我熟悉的芦苇做比喻。它让刚刚走出乡村的我知道，芦苇并不只是生长在我的家乡，原来在遥远的法国也有。就因为帕斯卡尔的这句名言，我知道我的前世和今生也许就是一根芦苇，当然，我要做一根会思考的芦苇。我暗想，那盛开的芦花也许就是思想的花朵吧。

也许，这位西方伟大的思想家没有想到，大约在三千年前，我们华夏民族的祖先就面对莽莽苍苍的芦苇进行了诗意地咏叹：

蒹葭苍苍，白露为霜。所谓伊人，在水一方。

溯洄从之，道阻且长。溯游从之，宛在水中央。

蒹葭萋萋，白露未晞。所谓伊人，在水之湄。
溯洄从之，道阻且跻。溯游从之，宛在水中坻。
蒹葭采采，白露未已。所谓伊人，在水之涘。
溯洄从之，道阻且右。溯游从之，宛在水中沚。

我们先人的这首《蒹葭》，一唱三叹，表达了人类永恒的情感之美，除此之外，也有哲思之美，更兼有文字之美，音乐之美，绘画之美。

从此，先人的后代们再也难以走出那片苍苍的芦苇地；从此，他的后代们的心里，总住着一位“伊人”，她有着水一样明澈的眼睛，有着水一样脉脉的柔情，可是她又永远是，衣袂飘飘，在水一方。

我再次回望那亭亭芦苇，那朵朵芦花，它们静立水畔，婀娜沉思。

2017 年 12 月 28 日

母亲赏花

中午下班，路过民生银行门口，发现爸妈小区北面的紫藤开花了！站在明媚的阳光下，闻着花香，不由想告诉爸妈紫藤花开的消息。于是就给妈妈打电话："妈，你和爸在家吗？"

"你爸在家做饭，我来联通公司门南旁看花的，已经快到了。"

哇，妈妈去看花了！这可是我第一次听到妈妈这样说。

我连忙说："妈，等等我，两分钟就到！"

我追上妈妈，不由好奇地问道："妈，你怎么想起来到这边看花的呢？"

"两天前散步到这边，看到一大片紫红色的花，特别好看，我今天再来看看。"妈妈说着的时候，还有点不好意思呢。

妈妈走路很慢，我搀扶着妈妈，晒着暖暖的太阳，慢慢向前走着。

"你看，就是那花！"顺着妈妈手指的方向，前面果然有两处紫红紫红的花丛，妈妈竟然放快了脚步，走到了花丛前说："你看，这花开得多好看啊！"又指着花茎上的两片小小的嫩叶说："两天前还全是花呢，现在长出叶子来了。"这花开得真茂盛呀，挤挤挨挨的，簇拥着，在正午的阳光下，闪着鲜艳的红色。

妈妈有点遗憾地说：“就是不知道这花的名字。”“这简单，我有识花神器！”我用手机一查：红花檵木！妈妈也赶紧凑到我手机上看看，可惜，妈妈眼睛老视了，看不清。可是她似乎很想知道那个“檵”字！其实我也只是模模糊糊地看了一下，一是因为字太小，二是因为阳光太强了。还有，我想，知道名字就可以了，没想到妈妈的职业习惯醒了，不满足于仅仅知道这个花的名字，还要知道这个名字怎么写。于是，我只好摘下眼镜，趴在手机上，仔仔细细看清字形，然后按照偏旁部首一笔一画告诉了妈妈。妈妈轻轻地念了两遍，然后说：“还是第一次知道这花名呢。”我也是第一次认识这花，也是第一次发现，我辛勤劳作了一辈子的妈妈，在这美好的春天里，开始牵挂着一朵花，开始打听一朵花的名字。

这美丽的花朵呀，不仅盛开在我年迈的妈妈眼里，更盛开在妈妈的心里！是它，让我看见了妈妈生命里的春天。

温暖的阳光沐浴着这鲜艳的花朵，也沐浴着我那苍颜白发的妈妈。

我把妈妈和红花檵木的合影发到了大家庭群里，弟弟妹妹们纷纷说“好看”“漂亮”，是啊，在儿女的眼里，母亲总是好看的！他们还顺带表扬了我的拍照技术。

妈妈在花前流连欢喜的样子，让我不由想起两年前那个春天里，妈妈带给我们的惊吓和担心。那一天，妈妈在家剥花生，在站起来的时候，突然摔倒了，碰巧又倒在了小板凳上，摔断了两根肋骨，摔裂了脾脏，做了一个大手术。那一个月里，我们兄弟姐妹几个每天下班后就匆匆赶到医院轮流陪伴妈妈。

俗话说，伤筋动骨一百天，何况妈妈伤得这样重。疼痛的折磨，恢复的缓慢，极度的虚弱无力，这些都不免让妈妈胡思乱想，有时候情绪特别低落。我们想尽各种办法安慰妈妈。当妈妈能稍稍下床走路的时候，我们就搀扶着她慢慢走到窗前，让妈妈看窗外那片青青的麦苗，那金黄的油菜花。这时候妈妈会弱弱地说：“麦苗都长高了呢，油菜花都开了呢。”当妈妈可以出去晒太阳时候，我们就推着妈妈，到医院后面的小公园里转转，看看那里的小花小草。

有一天，我和小妹推着妈妈又来到小公园，突然发现紫藤开花了。我们推着妈妈坐在紫藤长廊里晒太阳，妈妈旁边有一串紫藤花低低垂着，小妹就把那串沉甸甸的花穗递到妈妈手里，妈妈轻轻地抚摸着那一粒粒鲜嫩润泽饱满的花瓣，微微地笑了。小妹把这美好的瞬间拍了下来，看着妈妈温暖的笑容，我们都长长地呼了一口气，这才放心踏实。妈妈终于笑了，终于走出了心里的忧惧。

今天，望着妈妈红润的脸庞、温暖的笑容，我心里是满满的幸福。

我搀扶着妈妈在春光里慢慢地走着，享受着这正午的阳光，这美丽的花朵。

2019 年 4 月 14 日

木香花开

今天阳光真好！下班回家，在小区里慢慢地走，好久没有这样从容了。小路旁边那两株茶花红艳艳的，在明媚的阳光里绽放；小河边的垂柳呢，身姿丰韵，正在曼妙起舞，临水自照。

一缕清香随风飘来，多么熟悉的香气啊！

我循着香气四处张望，在小路的转角处，长廊的一隅，那个最幽静的地方，一大片洁白，那么光华耀眼。原来是木香花开了！我奔向那芳香和洁白。

站在木香花下，我深深地呼吸，让五脏六腑都浸润着香气。

今春的木香花长得真茂密呀！它们的枝条恣意伸展，盘旋缠绕，叶和花密密匝匝，葳蕤生光。正午的阳光透过罅隙在地面上投下了斑驳明亮的花影。

和木香花最初相识，还是在我们宿迁中学老校区。校园里有个百米紫藤长廊，长廊最西面有两株木香花，每到花开的时节，总有很多女生在这里读书。我班有个女孩子，特别喜欢木香花，花的名字还是她告诉我的。

女孩是我 2003 届的学生，聪慧勤奋，笑起来有两个酒窝，只是性格有点内向，在课堂上总是特别安静，特别专注。她喜欢读书，在这样木香花开的时节，在下午自由活动时间，她常常拿着一本书安静地坐在木香花下。

也是在木香花下，她向我说起求学的艰难。虽然姐妹俩都考上了宿迁中学，但是她父亲只打算让她和她的姐姐读到初中就出去打工，最后，比她大一岁的姐姐，放弃了自己的上学机会，外出打工来供养妹妹读书。说到姐姐，她眼里闪着泪光，她说，她不是一个人在学习，还有姐姐。我不知道该说什么，只是紧紧地抱了抱她。

她说，老师，我最喜欢白色，这是生命的原色，然后随口就吟出一句："淡极始知花更艳"。那一刻，说实话，我不由对这个外表看起来很柔弱的女孩肃然起敬。

在紧张备战高考期间，我们常常站在木香花下谈文学，谈理想。她说她最大最美的梦想，就是能到未名湖畔读书。当然，她的这个梦想源于她的实力，因为她的成绩一直名列前茅。我鼓励着她，更相信她。

2003 年的"非典"，没有影响到高考。那一年，我们江苏高考实行的是"3 + 2"模式。遗憾的是女孩高考期间病了，她只能一边挂点滴一边考试。

高考成绩发榜了，她没能如愿到未名湖畔，而是录取到了另一所理工大学。

女孩大一寒假，来学校看看，说很想念母校想念高中生活。女孩临走时，送给我一条手织的围巾，白色的。她说："老师，不好意思呢，这是我第一次织围巾，有点粗糙。因为没有经验，买了两次开司米线，结果颜色还有点不一样。老师，我帮您围上，看暖和不？"那一刻，我很感动，顿时感觉到了春天，温暖而又明媚。这条围巾我现在还珍藏着。

大学 4 年，她年年获得奖学金，有校级，也有国家级的，她靠自己的勤奋挣得了学费和生活费。

尽管现在我们很少联系，但是我一直相信她的优秀，因为生活从来不会辜负那些勤奋好学而又不懈努力的人！

又是木香花开的时节，祝愿那个在木香花下吟咏“淡极始知花更艳”的女孩，一切都安好！

2017 年 4 月 23 日

湿地梅花

朋友说："这个星期天到泗洪湿地看梅花呗！"

"湿地也有梅花？"我一直以为泗洪湿地只有荷花呢，对湿地的记忆，似乎还停留在2007年夏天的荷花，那一次，我们领着我校"水之韵"文学社的孩子们来到湿地观赏荷花。后来很多孩子说，那一次的赏荷之旅，成为他们高中生活一个美好的记忆。

这一次，我要和朋友们一起去赏梅花！

中午，我们到达湿地梅园。一进梅园，我感觉似乎远离了尘嚣。

远远望去，红的如霞，白的如雪。正午的阳光照耀着这偌大的一片梅园，我们漫步在这梅林花海中，仿佛置身于人间仙境。也许是湿地水资源充沛的缘故吧，朵朵梅花是那样丰腴，那样水灵，一团团一簇簇，鲜艳绚丽，目不暇接。我们几个人都放慢了脚步，不再说笑。我突然发现，原来美也可以让人沉静下来的。我微闭着眼睛做着深呼吸，让这芳香甜润的空气清新着我的五脏六腑。

我们在梅园里徜徉流连。

梅园里有一处景致特别像一幅水墨画：红梅绿柳，一方池塘，一位披蓑戴笠的老人，一条小船，几只鱼鹰。老人慢悠悠地摇着小船，身边的鱼鹰，有的安静地站着，那份安静，让你感觉犹如木刻；有的专注地盯着水面，那份专注，让你感觉它随时都要潜入水里。堤岸上四周红梅绿柳的倩影，倒映在清澈的池水里，犹如水中也有一个梅的世界。我赞叹梅园设计者的用心，这处如诗如画的美景，让我想起张志和的《渔歌子》:“西塞山前白鹭飞，桃花流水鳜鱼肥。青箬笠，绿蓑衣，斜风细雨不须归。”这里的“桃花”“流水”“青箬笠”“绿蓑衣”，给人以无限的遐想和无尽的艳羡。

有处梅林特别茂密幽深，我不知道这片幽深的梅林气韵，能否通到杭州的小孤山，那里的梅花也一定盛开了吧？那位以梅为妻以鹤为子的隐者，一定还在小孤山梅园吧？我猜想，在有月亮的夜晚，他会着一袭干净粗布长衫，缓步清幽的梅花林中，低声吟咏着：“众芳摇落独暄妍，占尽风情向小园；疏影横斜水清浅，暗香浮动月黄昏。”如此痴者，亦是幸福。我暗想，日日有朵朵梅花相伴，会不会真的不再顾恋热闹的红尘？是不是真的会少了许多贪念和浮躁？

太阳要落山了，傍晚的霞光把这一片梅园映照得辉煌绚烂，恍若天界瑶池。

又是挥手告别的时候了，对于这里的梅花而言，我们只是匆匆的过客，我们的热爱，仅仅因为她现在的美丽和芬芳。对于我们而言，这里的梅花又何尝不是我们生命中的过客？

人生也许就是这样一次次追寻着，相遇着，然后再告别，再开始下一次的追寻。只愿在这一次次追寻的历程中，生命变得丰富美好，心灵充实而沉静。

2018 年 3 月 11 日

十姊妹花

公园里的十姊妹花开了，你拥着我，我拥着你，热闹热烈。

星期天上午，陪母亲在公园里散步，母亲看到这样一大片一大片的花团锦簇，欢喜又惊奇。

我告诉母亲："这叫十姊妹花，也叫七姊妹花。"

母亲赞叹道："还有这花名啊，真好听！"

母亲站在花前，捧起一簇，一朵一朵地数了起来。

"真的十朵呢！"母亲惊喜地说。母亲又捧起一簇数着，这一次是"七朵"。

我说："每一簇上每一朵还是不一样呢，色彩有浓有淡，花朵有大有小。"

年迈的母亲却说："她们簇拥在一起，就不一样了，这样一大团，多惹人眼呀。"

我们回来的路上，母亲感叹道："还是兄弟姊妹多好啊！"是的，兄弟姊妹多真好。我知道母亲是有感而发的。母亲兄弟姊妹八人，母亲是老大，下面有四个妹妹，三个弟弟。每次聚会，我的姨姨舅舅们围着母亲，喊着"大姐"时，母亲总是高声地应着，笑得合不拢嘴。

俗话说，一娘生九等。母亲姊妹多，性格也都不一样。我二姨心直口快，三姨沉默寡言，四姨活泼干练，五姨沉静内敛。母亲虽然是老大，性格却比较温和，说话轻言慢语的。母亲兄弟姊妹多，生活艰辛，但是从我记事起，我从来没有见过母亲和姨姨舅舅们红过脸。母亲兄弟姊妹们互相包容，团结友爱，和睦相处，就像这十姊妹花一样，散发着暖暖的芳香。

这芳香也氤氲着我，让我享受着她们对我的关心和爱护。

五姨年轻时候最爱读小说，我上小学时，放学后，就到外婆家和小姨一起偷偷看小说。《红岩》《苦菜花》《野火春风斗古城》就是那时候跟小姨一起看的。我读初三时候，小姨刚刚工作，小姨有一间宿舍，就让我和她一起住。每天早上，都是小姨喊我起床，每天晚上都把热水备好。小姨看我上学每天早出晚归的，常常把我的衣服都给洗了。

二姨是小学老师，比较严肃，每次见到我，总是督促我要好好学习。尽管当时有点怕二姨，但今天想来，也许正是二姨的严肃和督促，让我端正了对读书的态度。

我刚工作的时候，学校正好离三姨家比较近，三姨总是抽空给我送些菜做些可口的。我不让三姨送，可是三姨忙完农活之后还是时常做些好吃的送给我。

四姨和我们家最近，四姨的婆家和我们家相距不过 1 里路，在一个村庄上。我们家地多，劳动力少，父亲在乡里工作，母亲在小学教书。我家农活四姨做得最多，插秧收油菜割麦子，总是有我四姨忙碌的身影。

今年“五一”劳动节回老家看望大姑，正好遇到四姨给小麦打农药。四姨看到我们，特别高兴，立刻就要回家拿米拿菜给我，我坚决不要。

我也想试试，就说：“四姨，我来帮你打农药吧。”

四姨说：“哪能呢，你也打不上来，我自己还能做。”

望着 60 多岁的四姨背着沉甸甸的药桶给小麦喷农药，我眼睛有点湿润了。

这个母亲节，我也想表达一下心意，几位姨姨都说：“我们怎么可以让你花钱呢，再说我们衣服都穿不完呢。”是的，她们只是出自内心疼爱我，从来没有想过要我回报她们。

正是十姊妹花开时节，远远望去，花团锦簇，一片绚丽。当你走近，朵朵鲜妍美丽，清香怡人。

2019 年 6 月 7 日

石篓，一个村庄的记忆

今天的石篓社区，位于河滨街道的西北部。北面是大运河南岸，紧靠防洪大堤，南接古黄河故道，有黄河滩之称。

听村里的老人讲，早先的大运河没有节制闸，更没有防洪大堤，水面特别宽广，这里就是运河的一道岔河，所以当地人都称它河湾，这是石篓最初的名字。石篓得名的由来，说法不一。

流传最广的说法是：大概在清朝年间，乾隆六下江南。其中有一次，浩浩荡荡，绵延好几里的船队就停泊在石篓。谁也没有想到，接连下了几天几夜的大雨，运河上游的微山湖和骆马湖大堤决口，水流湍急，乾隆下旨随行官员和当地官员带领民众堵决口。可是水流太急，草包沙包扔进水中，眨眼间就被冲走。这时候，有村民提议，把石头装进竹篓，一篓一篓抛入决口处，果真很有效。可是当地没有石头，就让船从周边运来大量的石头，在决口最凶猛地方，就在船上堆满石头直接沉船。就这样，一船船一篓篓的石头，堆积形成了一道石墙，堵住了汹涌的河水。后来人们为了纪念这次抗洪，从此就“石篓”“石篓”叫开了。现在，还有村民在耕地的时候，会耕到坚硬的大石头和比大海碗碗口还粗的桅杆。

村里还有老人说，石篓中间有一个泉眼直通东海，至今这泉眼还用大锅盖盖着呢。

由于石篓地处两河之间，所以常常遭遇水患。在万般无奈之下，村民们选举了德高望重之人，前往河北，请来了九龙庙，祈求九龙镇水。九龙庙建在石篓东北入水口一里左右，庙宇具体而微，砖木结构，檐牙高啄，青瓦覆盖。村里老人说，九龙虽然请来了，但是它们并没有镇住水。在“破四旧”的时候，九龙庙被毁掉了。

真正镇住水的是石篓人自己！新中国成立后，人民政府带领群众修建了运河防洪大堤（就是今天人们说的二号大堤），运河上修建了水闸，调控着运河水的流量，并对河道加以疏浚。20 世纪 80 年代以后，石篓村再也没有遭遇水患，再也没有因为大水失去良田，再也没有搬迁。

说到石篓，不能不说说两个已经消失的名称和两座牌坊。

在祖辈的记忆里，有个地方叫陆草氏。也许我们想当然地认为是一个姓草人家的女子嫁到姓陆家，称作陆草氏。其实不是这样的，这里的陆草氏是指一位姓陆的地主，住在城里，他在石篓有一大片土地，每年收割的时候，他只要粮食，不要草，村民就把这个堆放草的地方叫陆草氏。由于这姓陆的地主对佃农特别苛刻，所以私下里，佃农们都称他陆绝后。

也许我们的父辈都还记得，石篓南面有个黄河滩，是黄河一年年挟裹而来的泥沙堆积而成。从石篓到县城（有城门的老县城）正好是八里，所以就叫八里滩。那个时候，出门在外的石篓人，常常会说自己是八里滩的。

今天，这两个名称只有年纪大的人还时常说起，年轻人已经很少知道了。

老辈人闲聊时，还常常说起石篓的两座贞节牌坊，一座特别高大，称作大牌坊，是陆家的；一座相对小一些，是蔡家的。老人们还记得，陆家那座大牌坊，四角都挂着风铃，底座两旁还雕刻石狮子。这座大牌坊，在70年代中期被砸毁。那座蔡家的小牌坊，现存市文化馆。贞节牌坊，在今天，也只适合存放在文化馆或博物馆里。

石篓，这个村庄的记忆，将随着社会的发展，时代的变迁，慢慢成为一种挥之不去的乡愁。石篓这片土地上曾经发生的一切也都终将成为历史。

2017年6月20日

梭鱼草

水景公园里有方小小荷塘紧邻古黄河，浅浅的池水里，密密地长着一些水草，开着蓝紫色的花朵。其实我是去看荷花的，但她和荷花是亲密的邻里，一个夏天几乎天天见面，犹如天天去拜访朋友遇见他的邻居一样，不打个招呼，不知道人家的名字，实在有点不好意思。于是，上网查了一下资料，才知道它叫梭鱼草，一个特别陌生的名字。

它是从遥远的北美洲来的，所以也叫北美梭鱼草。我没有想到梭鱼草飞越了千山万水，来到了异国他乡，居然还能这样迅速地适应，长得这么生机勃勃，不由让我心生敬意。当然，也许是我们这里的水土好，人来了都容易养活，何况是一株草？

为什么叫梭鱼草？是因为花朵外形像梭鱼？还是因为梭鱼喜欢在这样的水草里生活？我又不知道了，查看《中国观赏花卉图鉴》（刘全儒编著）也没有梭鱼草得名由来的说明。

这里的梭鱼草叶子丛生，叶片肥大，是长长的心形，翠绿色，摸上去滑溜溜的，也有点肉乎乎的。

梭鱼草花茎直立，有节，茎干中心是空的，有点像空心菜的茎。花朵通常高出叶面，花朵有点像高粱穗，每条花穗上密密地簇拥着几十至上百朵蓝紫色圆形小花，这些蓝紫色小朵犹如振翅欲飞的小鸟，在翠绿色叶片的映衬下，别有一番可爱。梭鱼草的花期特别长，可以从夏初五月开到深秋十月。

有资料显示，它还有一项大本领，就是对水质有很强的净化作用，能把水中多种有毒有害物质分解，同时还能把水中的重金属物质吸收，让水源变得更加纯净。这个特殊的本领不由让我肃然起敬，它不仅外表美丽，赏心悦目，还可以去净化他物，让他物也纯净。也许，我应该向这里的梭鱼草致敬，在这个缤纷的世界里，它不仅能保持自己的初心，不被外物侵袭裹挟，竟然还能以自己的纯净去影响着他物，纯净着他物，这样的品质多么值得人类去学习。

梭鱼草有属于自己的花语：自由！梭鱼草就像是水中的鱼儿，自由自在，无拘无束。自由啊，万物皆向往！

从今天起，我要对梭鱼草刮目相看了，它那奇妙的特殊净化本领，它那高歌着自由的花朵！我不禁仰望着湛蓝的天宇，向往着白云一样的洁净和自由。

2017 年 8 月 1 日

他们，恒久地站在河流两岸

中秋节前回趟老家，走在家乡的田野上，满眼都是湿润润的碧绿。正是水稻灌浆时节，紧邻我家的那条小河，奔流荡漾。久违了，家乡的河；久违了，这样汩汩滔滔的河水！

这条河是我童年的河！一个人的世界里怎能没有一条童年的河流呢！

我不由坐在这熟悉的河岸上，凝视着这条带给我欢乐滋养我生命的河流，思绪万千。

关关雎鸠，在河之洲。窈窕淑女，君子好逑。

……

我们的先民在河流的两岸，一唱三叹地吟咏着，徘徊着，歌唱着，追求着心中的爱恋，那爱恋如清澈的河水，缱绻而清亮。那声声深情的咏叹穿越岁月的河流，缓缓而来，润泽着纯净着一世一世的爱恋。

那条叫作泗水的河流，2500 年前，我们伟大的先哲孔子，站在泗水河岸，望着滚滚流逝的河水，发出一声慨叹："逝者如斯夫，不舍昼夜！"

这声慨叹似一道白光照进人们迷惘混沌的精神世界。

1600 多年后，那位叫朱熹的理学家，对儒家圣人的学说无限仰慕，他渴望着在美好的春天里，也能沿着圣人的足迹，神游泗水，聆听圣人的教诲。在朱熹的思想中，那圣人之道就是芬芳四溢万紫千红的春天。于是，他写下了千古绝句《春日》：“胜日寻芳泗水滨，无边光景一时新。等闲识得东风面，万紫千红总是春。”

还有那条叫作濮水的河流。

往矣！吾将曳尾于涂中。

两千多年来，他一直坐在濮水边，任尘世功名利禄，熙熙攘攘，纷纷扰扰，他的心一直如濮水一样清澈明净，自由坦荡。

他以“汪洋辟阖，仪态万方”的文字表达空灵深邃的哲学思考，呈现给后人的是超逸出尘、天马行空的精神境界；同时又恍惚其辞，使人很难准确地把握他的思想内涵。千百年来，在攘攘尘世中能读懂《庄子》的又有几人？一个亟亟追逐着功名利禄的人，又怎么能理解庄子的追求？在《逍遥游》中，“水击三千里，抟扶摇而上者九万里”的鲲鹏，激发了人类心中最大的梦想，成就了作为人最高和最理想的境界：不受任何物质世界和现实环境的羁绊，在有形的世界和无形的世界中自由翱翔。他，就是庄子，在清风夜唳中独自看守月亮的人。

我们又怎能忘记有一条河流叫汨罗江，伟大的爱国诗人屈原“行吟泽畔，颜色憔悴，形容枯槁”，遥望残破的祖国，作《怀沙》以自沉。从此，汨罗江畔，高高地耸立着一座不朽的丰碑。

又有多少人站在滚滚东流的长江边，奔腾咆哮的黄河岸，发出照亮历史点燃生命的喟叹！我们这片古老的大地上有许许多多大大小小的河流，每一条河流都默默地浸润着华夏大地，启迪着先民和先贤的智慧，护佑着华夏民族璀璨的文明。这些河流从远古流到现在，奔腾激荡，向前，向前……

上善若水。水善利万物而不争。他们亦如这些河流！

一只飞鸟掠过水面，溅起几滴河水，它们在阳光下，旋转着闪烁着，五光十色。

我童年的河流依然汩汩滔滔，奔向远方……

2019 年 9 月 28 日

我的改了名字的村庄

周末回老家，闲聊时，表弟说我们的村子改了名字，由原来的两个村合并为一个，叫卓水河村。改了名字的村庄，还是我的村庄吗？那一瞬间，我有点迷惑，也有点失落，因为我的村庄见证了我的成长，是我今生今世的证据，我的改了名字的村庄还能证明我吗？

我默默地走到村庄西面的河堤上，望着我的村庄。我们村原来叫卓庄村，由多个小村庄组成：张庄、吴庄、安庄、冯庄、姚庄、贺庄、曹庄、卓庄等。每一个小村庄都紧密相连，每一个小村庄几乎都有我的亲戚。记得少年时候和小伙伴们一起割草，或者跟着大人下地干活，都要经过很多村庄，这时候，我和伙伴们争着说：这是我姥姥家庄子，这是我大姑家庄子，这是我二姨家庄子……似乎每一个村庄都有我们的亲戚，随时都可以到亲戚家串门。我们的每一个村子就像一棵大树，它把根须伸向了四面八方的小村庄，它们根脉相连，相亲相爱。

记得小时候，各个村庄能把十里八村聚到一起的就是放露天电影。

那时候，哪个村庄放一场电影就是件了不得的事，算得上是所有村庄一次盛大的集会。几天前就开始传：哪个哪个村庄要放电影。这消息一传十十传百，十里八村的小伙子大姑娘年轻媳妇们都激动起来了，最兴奋的要数孩子们。

终于等到了那一天，大人们赶紧忙完地里的活，孩子们常常等不到太阳落山，就急不可耐呼朋引伴奔向那个放电影的村庄。

当然也有消息不准的，等我们跑到那个村子，结果没有电影，白跑了一趟，回来时大人会故意问："今晚你们看啥电影呀？"

我们就会一齐说："白跑累哼唧！"也许有一天，我们会忘记，曾经在少年时为一场电影"披星戴月"十几里，即使是"白跑累哼唧"也报以大笑。

村子里难得放一场电影，所以经常是两部电影连放，有时候这部电影放映已经结束，下一部要放的影片还在其他地方放映，放映员就要急忙忙骑车去拿，当年我的理想就是长大后放电影，这样就可以看很多电影了。

乡村的露天电影需要等到天黑才能放映，特别是夏天，当第二部电影结束的时候，已经是深夜了。有的孩子坚持不住，就躺在草垛旁睡着了。那个年代的父母们似乎特别粗心，看完电影自己就回家了，常常忘记找孩子。孩子被其他村庄上的人看到了，就会说："这不是谁谁家的孩子么，怎么睡在这里了？"喊几声这孩子父母的名字，如果没人回应，就抱回家，第二天一大早再把孩子送回去。

到现在，我还惊叹那个时候的大人们，怎么都能精准认出是谁家的孩子呢，在他们眼里，似乎每个孩子都带着父母的印章。

我刚工作那会儿，曾经和同事一起到街上买菜，路边有个卖菜大叔热情地和我打招呼。

我一脸纳闷：不认识呀。

他连忙说："我是你姥姥庄子上的，认识你爸你妈，你一直上学，不认识我，论辈分，你还要叫我大舅呢。"

我不好意思地喊了声："大舅。"

“大舅”热情地把他摊子上的菜往我手里塞，说自家地里长的，不值什么钱。盛情难却，我只好接受了这位刚刚认识的又似乎早就熟知的“大舅”家的青菜，因为它们长在姥姥庄子上。后来还遇到姑姑村庄里的表叔，四姨村庄上的姨姑，他们都热情善良，吃苦耐劳。

两天前，有人要加我微信，申请方式竟然是：“大姐，我是曹庄的。”这样的介绍方式，真的有点久违了。它一下子就把我带回那个熟悉的如今改了名字的村庄，那个村庄就是我们的名片。

那天从老家返程的时候，在路口遇到住在南庄的三奶奶，我下车打招呼，三奶奶热情地拉着我的手说：“好久没有回来了吧，你看我们都老喽。”

三奶奶又对在她旁边玩耍的两个年幼孩子说：“这是你们大姑，在城里教书，快叫大姑。”

两个孩子欢快地喊我：“大姑，大姑。”

那个五六岁的孩子，还亲昵地拉着我的手。她们甜糯的声音、柔嫩的小手，让我心中涌出一股暖流，这暖流似乎来自我脚下的这片土地，我不由紧紧地抱了抱孩子。我没有想到两个孩子对我竟是如此信任和亲近！让我惊喜也让我惊异：难道是因为我们拥有同一个村庄？难道是对这片村庄的记忆已经一代代延续到我们的血脉里？让我们无论身在何方，无论何时相见，无论我们见过还是没见过，只要回到这个村庄，回到这片土地，我们就是亲人。

那一刻，我一下子释然了，我知道改了名字的村庄依然还是我的村庄。我向三奶奶和两个孩子依依告别，再次回望我的村庄，我的村庄已渐行渐远……

2022 年 3 月 10 日

席地而眠

中午下班回家，经过小区后面的拐弯路口，看到一个环卫阿姨侧身卧在那棵大柳树下，用帽子盖着眼睛，用件旧衣服简单地盖在身上，席地而眠。我轻手轻脚地从她身旁经过，怕惊扰了她的清梦。

席地而眠，这样的休息方式我多么熟悉啊。

曾经，在我的家乡，农忙时节，一个上午的紧张劳动之后，地头的田埂上，路旁的树荫下，我的乡邻们大都是席地而眠。

记得我们村有块地比较远，大家都叫它西冈。那片地地势低洼，土质很黏，并且还有砂礓。无论怎样贫瘠的土地，在庄稼人眼里都是宝贵的。我们村花了很多劳动力，整理出一大片水稻田，插秧的时候，几乎全村出动。分工是：年纪大的和年龄小的，负责拔秧苗；年轻力壮的男劳力，负责挑秧；姑娘们媳妇们负责插秧。我年纪小，在拔秧那一组。那绿油油的秧苗，长得特别茂密，特别喜人，它们在晨风中摇曳，似乎在招呼我：快来呀，快来呀。

拔秧苗的时候，尽管可以坐着小板凳，可是时间长了，也会腰疼；还有就是拔秧时，食指常常被秧苗磨得通红，如果用力不当，就会把秧苗弄断，所以拔秧貌似轻松，实际上很需要用巧劲。拔起的小秧苗需要扎成一把一把的，男劳力们把一把把鲜嫩嫩绿油油的秧苗放进筐里，然后深一脚浅一脚挑到田埂上，再健步如飞送到水田里，交给插秧的女子们。也许最美的风景属于她们，只见她们站在平整的水田里背对着蓝天，弯下柔韧的腰肢，面对着贫瘠的土地，左手手心里握着秧苗食指拇指分出秧苗，右手大拇指食指中指捏住秧苗快速插进田中，动作和谐优美，让人目不暇接。尽管她们中有的人不识字也不会写字，但是在我看来，她们插在大地上的秧苗就是她们书写的最美的方块字，横平竖直；虽然她们不会弹琴，但是她们插在大地上的秧苗比五线谱更美妙。她们的笑声清脆爽朗，她们双手灵巧能干，她们是人间的织女，欢快地编织着人间最美的生活。小时候，我最喜欢和她们一起下地干活，她们的勤劳乐观深深地吸引着我。

由于那片水稻田离家较远，中午的饭就在田头吃，那时的午饭相当简单，常常就是煎饼咸菜，咸鸭蛋绿豆芽就是难得的佳肴。午饭后，大家就在地头找块树荫，用草帽往头上一盖，席地而眠。其实，地头的土路，一点都不平坦，砂礓也很硌人，可是他们睡的是那样满足，那样惬意。田野里不时吹来一阵阵凉爽的风，带着水稻田里湿润的气息。

也许，席地而眠最宏大的场面要数夏日里炎热的夜晚吧。在只有蒲扇的年代里，全村的人在一天劳作之后，男女老少都喜欢拿张芦席到村子东南的打谷场上乘凉休息。打谷场开阔而平坦，那里风大，蚊虫少。奶奶有时也会带我和弟弟去，我喜欢去打谷场，那里人多，热闹。躺在温热的土地上，仰望着辽阔的夜空，数着银河两岸的繁星，偶尔还会看到一颗流星划过，拖着明亮的尾巴，消失在无垠的旷野。

夜深了，露水重了，奶奶就要带我们回家。奶奶说我身体弱，外面露水重，容易着凉。于是，我和弟弟就迷迷糊糊地跟着奶奶回家。这时候，河塘里的蛙声还在，草丛里夏虫唧唧哝哝。

后来，土地分产到户，打谷场上也种上了庄稼；再后来，我离开了村庄，到外地读书、工作。渐渐地，我远离了席地而眠这样的生活场景，曾经熟悉的生活场景成了记忆，而我，再也没有席地而眠。

今天，看到这位环卫阿姨在路旁的大柳树下席地而眠安然入梦，我唯一能做的就是从她身旁悄悄走过，祝福她拥有一个踏实幸福的美梦。

2017 年 5 月 25 日

杏花吹满头

杏花似乎是在一夜之间，华美绽放，粉色的花瓣晶莹润泽，在明媚的春光里，那么鲜艳秀丽。这一个星期里，我几乎天天都要到那片杏花林里走走看看。一阵清风吹过，粉色的花瓣轻轻盈盈地飘落，满头的杏花呀，是春天里最美的装饰。

徜徉于杏花林中，仿佛听见一位女子清亮的歌声从杏花深处传来：

> 春日游，杏花吹满头。陌上谁家年少，足风流。
> 妾拟将身嫁与，一生休。纵被无情弃，不能羞。

真喜欢这位女子呀！知道她，是在我刚到大学开始接触大量古诗词的时候，当我读到这首词，心里一下子喜欢上这位千年前的女子，喜欢她的勇敢和率真！也许是因为自己来自偏远的农村，内心藏着自卑和羞怯吧。

她毫不掩饰自己的青春热情，勇敢地表白自己的爱恋。在这美丽的季节，遇见俊美的少年，萌发纯洁的情感，勇敢地表达自己的爱情，这是多么美好的青春，又是多么美好的生活啊！这缤纷的杏花，哪里仅仅只是吹满了头，而是吹醒了青春，吹醒了爱情，这是爱之觉醒与跃动。是她给了我最初爱的勇气！

在青春的岁月里，勇敢地追求自己所爱，即使为爱而受伤又如何！青春和生命因为有了爱恋而变得饱满生动。

每年的春天，杏花如约绽放，每年那个女子也总是在杏花深处欢快地歌唱，她总是引得我频频回顾。也许我频频回望的还有青春、美与爱吧！

也许，在这杏花绽放的时节，最美的是来一场像花针一样的春雨吧。花针一样的细雨密密地斜织着，织成一幅画，一幅关于江南的画，然后我们沉迷在这幅画中，似乎永远不愿醒来。

这幅画就是：杏花春雨江南！不知道有多少人爱极了这六个字！明丽娇艳的杏花，缠绵多情的春雨，烟桥柳巷的江南。从此，“杏花春雨江南”成了中华儿女一生的牵挂，一世的美梦。因为有了杏花，江南就多了一份明丽和芬芳，多了一份灵动和清雅。

“杏花春雨江南”出自元代虞集的《风入松·寄柯敬仲》：

画堂红袖倚清酣，华发不胜簪。几回晚直金銮殿，东风软、花里停骖。书诏许传宫烛，轻罗初试朝衫。

御沟冰泮水挼蓝，飞燕语呢喃。重重帘幕寒犹在，凭谁寄、银字泥缄。报道先生归也，杏花春雨江南。

这首词在文学史上并没有什么名气，不过是以“词翰兼美”为特色罢了，但是末句“杏花春雨江南”，虽然只有六个字，但足以抵得上千言万语，真可谓妙手天成。从此“杏花春雨江南”成为江南的名片，世人皆知，人人向往。

台湾作家余光中先生在《听听那冷雨》中这样写道：“杏花。春雨。

江南。六个方块字，或许那片土就在那里面。而无论赤县也好神州也好中国也好，变来变去，只要仓颉的灵感不灭，美丽的中文不老，那形象，那磁石一般的向心力当必然长在。”余光中先生在这六个美丽的方块字里，寄托着浓浓的游子思乡之情。

在这样的春日，又怎能没有那个飘着酒香的杏花村呢。据史料记载，古时杏花村，杏花遍野，村里酒垆如肆，尤以“黄公酒垆”著名。清代《杏花村志》记之：“酒垆茅舍，坐落于红杏丛中，竹篱柴扉，迎湖而启，乌桕梢头，酒旗高挑，猎猎生风，令人未饮先醉。酒垆院里有一口‘黄公井’，水似香泉，汲之不竭，用此水酿出的酒，为时人所争饮。”自古以来，酒与诗好像是孪生兄弟，结下了不解之缘。“百事尽除去，唯余酒与诗。”中国古代，许多诗人的心目中，人生的最大快乐，就是诗与酒。诗人杜甫《饮中八仙歌》中曾写道：“李白斗酒诗百篇，长安市上酒家眠，天子呼来不上船，自称臣是酒中仙。”

也许最初，杏花村只是荒烟蔓草间一个普通村落，村里有个小小的茅店酒肆，但是有了杜牧的“牧童遥指杏花村”，从此，杏花村的酒香，漂洋过海。

春色已经满园，那朵朵杏花在春光中摇曳生姿。暖风吹来，杏花满头，空气里飘着醇厚的酒香。

2019 年 3 月 19 日

绣球花

邮局门前的路两旁，绣球花开了，一簇簇一团团，红的，粉的，白的，紫的，还有蓝的，在一片姹紫嫣红中，那一朵蓝，显得特别宁静。一次次徜徉在绣球花身边，分享着绣球花的热情和宁静。

绣球花是由许多小花组成的，每朵小花都有四片花瓣，它们密密挨挨地挤在一起，欢欢喜喜的，小小的花瓣中间，藏着小小的花蕊，惹人怜爱。这些小花还是花苞的时候，是浅浅的嫩绿色，你一定想不到，它们绽放时候可是艳艳的玫红色。由于这些小小的花朵簇拥在一起，看起来像一个美丽的绣球，也许是因为这，我们才叫它绣球花的吧。

每每看到绣球花，我就忍不住要想到那红艳艳的绣球，想起那些站在彩楼上勇敢抛绣球的女子，她们想通过抛绣球，和“父母之命媒妁之言”进行抗争，争取一份由自己来决定的爱情。但是在她们勇敢抗争的背后，又是多么盲目，又有多少无奈和心酸。

少年时候在乡间，听了不少女子抛绣球的故事。印象最深的是那个叫王宝钏的女子，她彩楼抛绣球选夫婿，绣球打中了贫寒青年薛平贵。她那身为丞相的父亲坚决不同意把女儿嫁给贫寒的薛平贵，而宝钏决意要嫁，不惜断绝父女关系。后来薛平贵参军，一别 18 年。王宝钏 18 年独守寒窑，终于等得夫贵妻荣。那时候年少，我只好奇故事中的人物命运，满足于主人公的大团圆结局，却没有在奶奶幽幽的叙述中听出哀怨，我更不能理解奶奶一生的选择。

现在想起这个故事，我唏嘘不已——一个青春女子，一个绣球换来的是 18 年独守寒窑！不知道古代有多少女子曾这样在幽怨和无尽的等待中，消磨掉美丽的青春。绣球花的美好和浪漫，只属于新社会新时代的女子。今天，我们可以安心地把绣球花抛给自己所爱的人。美丽而又沉沉甸甸的绣球花啊，愿有情人多加珍惜！

面对着眼前这一大片娇艳芳香的绣球花，我猜想：一定是那些幸福的新娘把绣球花抛到这里来的，有多少美丽的花儿就有多少美丽幸福的新娘。

这些美丽的绣球花代表着：忠贞、永恒、美满、团聚。

2017 年 7 月 29 日

永以为好

近年来，小城树种繁多，居然也有了木瓜树。傍晚，在小区外面路旁的木瓜树下，看见两个青青的木瓜，这是两个摔伤了的被人遗弃的木瓜。我捡了起来，闻了闻，有着淡淡的清香。

我不由抬头望望路两旁这些好看的木瓜树，曾惊喜它们在春天里长出了嫩嫩的芽，曾惊叹淡紫色的小小的花朵慎重地开在叶子中间，曾惊讶它们秋日里满树大大小小的果实，有的金黄，有的青中带黄。

可是不知道何时，人们知道了它的功用，似乎没有耐心等待它的成熟。今天看到的是许多被折断了的枝条，还有那光秃秃的枝头，那满树的果实似乎在一夜之间，不翼而飞。这些木瓜大都还那么青，还没有完全成熟。我多么希望，人们能够多一点耐心，耐心等待这些木瓜们成熟，等待它们穿上金色的美丽的外衣，等到它们香气四溢的时候，再把它们带回家。

我把这两个受伤的木瓜带了回来，把它们放在阳台上，放在了温暖的阳光下。

对木瓜怀有这份特别的关注，也许是源于我们先民那首《诗经·卫风·木瓜》的歌谣吧。

投我以木瓜，报之以琼琚。
匪报也，永以为好也！
投我以木桃，报之以琼瑶。
匪报也，永以为好也！
投我以木李，报之以琼玖。
匪报也，永以为好也！

第一次遇见这首歌谣，是在大学一年级。已经记不得老教授当年关于这首诗有好多个主旨的讲解了，也记不得老教授对这首诗章句结构特色的分析了，只记得老教授摇晃着满头银发，微闭着双眼，似乎忘记了我们的存在，只是声情并茂地吟咏着："投我以木瓜，报之以琼琚。匪报也，永以为好也！"

从此，我的心底里有了一个飘着香气的名字——木瓜。

现在，当我面对这两个青青的受了伤的木瓜，那首远古的歌谣再次从尘封的记忆里响起："投我以木瓜，报之以琼琚。匪报也，永以为好也！"

我们的先民一唱三叹地吟哦着："匪报也，永以为好也！"也许，他想告诉我们：理解珍重他人的情意，就是最纯洁最美好最高尚的情意，这不关乎回报的东西价值，只关乎真挚深厚的情义，只关乎心心相印与精神上的契合。

只是，后人们在享受着木瓜带给我们各种功用的时候，是否想起先民那谆谆的教诲："匪报也，永以为好也！"

也许，这香喷喷的木瓜就是先民们留给我们的一个信物，一个纪念吧。

这时，我的眼前，仿佛有一大片一大片蓊蓊郁郁的木瓜树，树上，挂满了一个个金色的小木瓜，在湛蓝的天空下散发着明亮的温暖的清香，这是我们远古先民原有的清香。

2018 年 10 月 16 日

远去的枳树

今天和学生们一起赏析温庭筠的《商山早行》:“晨起动征铎，客行悲故乡。鸡声茅店月，人迹板桥霜。槲叶落山路，枳花明驿墙。因思杜陵梦，凫雁满回塘。”

在赏析颈联“槲叶落山路，枳花明驿墙”的时候，我问有没有认识“枳树”的。同学们异口同声地说：老师，我们不认识！包括农村来的孩子。

我不由想对他们讲讲枳树，讲讲曾经在我们家乡随处可见，现在却很难见到的已经远去的枳树。也许了解一下枳树，我的学生们更能走近诗人的生活，理解诗人的情感。

枳树，是它的学名。我们家乡人都叫它钢针树，主要是它浑身长满了尖尖的刺，像钢针一样让人望而生畏。当然，家乡人还是很喜欢栽植它的，也许是因为它们满身的刺，可以像卫士一样守护着家园吧。

我老家的庄子比较小，只有几户人家，家家堂屋后面都长着钢针树，这些树距离堂屋后宅只有几步远，它们从庄子西头连接到庄子东头，紧密排列，犹如一道天然屏障。也许是因为钢针树丛比较密实，常常有些鸡呀鸭呀就把蛋下在那里了。奶奶说是这些鸡呀鸭呀太懒太笨了，随意搊蛋；可是我却认为是这些鸡呀鸭呀聪明，它们是不想有人拿了它们的蛋。只是这些鸡鸭们没有想到，还有一群无处不到的淘气的孩子们。钢针树下的秘密还是被孩子们发现了，为了拿到钢针树丛里的宝物，常常被钢针刺得龇牙咧嘴，尽管如此，要是下次又发现钢针树丛里的宝物，还是会欣喜万分小心翼翼龇牙咧嘴地钻进去。

钢针树生长特别缓慢，枝干似乎很少有粗壮的，但它的质地特别坚硬，可以用来做拐杖。钢针的枝条似乎都是随意生长的，记忆中很少有人修剪过。钢针树也开花，结果实，果实呢，像个小青橘子，熟透之后就成了橘黄色，很好看，但是不能吃，又酸又苦又涩，所以我们都叫它“臭钢橘子”。

钢针树的学名“枳”显得更雅致一些，钢针树是通俗叫法，这个名字很形象，带着我家乡泥土气息。枳的名称，我国古籍很早就有记载了。最早见于《周礼》“橘逾淮而北为枳……此地气然也”。《晏子》记载：“橘生淮南则为橘，生于淮北则为枳，叶徒相似，其实味不同。所以然者何？水土异也。”记得当年老师给我们讲解“南橘北枳”，意思是说淮南的橘树，移植到淮河以北就变为枳树了。那时候，似乎才明白我们的钢橘子为什么味道怪怪的，原来淮南和淮北是不一样的。年少的我们就曾望着钢针树上那些金色的果实，期待它们能变成淮南的橘子，甜甜的。

我家堂屋后面有一排枳树，从我记事开始就在那里，以为它们会一直站在那里。没有想到，有一天，当我回到老家的时候，再也找不到那些枳树了，它们就这样无声无息的从我熟悉的生活中消失了。

美丽的“枳花”开在温庭筠的《商山早行》里，“槲叶落山路，枳花明驿墙”。那洁白的明艳艳的枳花，牵动着诗人绵绵不尽的乡愁，也照亮着前行的路。

美丽的“枳花”还开在雍陶《访城西友人别墅》里：“澧水桥西小路斜，日高犹未到君家。村园门巷多相似，处处春风枳壳花。”那洁净的亮闪闪的枳树花，在春风中散发着幽幽的清香，欢迎着远道而来的客人。

我不希望，有一天，我的学生们只能在古典诗文中去寻找那些曾经熟悉的树木，那些曾经陪伴着我们一同欢乐地成长，给我们的生活带来绿意和清香的树木。

我希望，有一天，当我回到家乡，那久违的浑身是刺的枳树，仍在春风里，绿意盎然，欢迎我回家！

2018 年 2 月 27 日

再力花

每到夏季，我造访最多的就是古黄河里那处荷塘了。其实，长在荷塘边的，除了荷花，还有其他一些水草，也让我欣喜。再力花，就是我在赏荷花时候遇见的，借助识花软件知道了它的芳名。

再力花，多么别致的名字，念一下，是不是感觉特别给力？

再力花有漂亮的外形，在春末夏初，在小荷才露尖尖角的时候，它就长出了翠绿的叶片，形似芭蕉，比较厚实，不用担心碰触会损伤它。它长势特别迅速，看吧，它们在荷塘边的那块不大的地盘上，热热闹闹，亲亲密密，茁壮成长起来了。每一次相见，它们那旺盛蓬勃的生命力，都让我赞叹。

仲夏时候，再力花已经长得很高，形体修长洒脱，叶片宽大肥美，高耸于碧波之上。古黄河边这片再力花都高出了水上的栈道，三台山衲田村那亩方塘里的再力花也都有一人多高，有的需要仰视才能看见上面的花朵。

当人们把赞赏的目光几乎全部投给荷花和睡莲的时候，再力花也安静地开放了。碧绿修长的花茎，一串串蓝紫色的小花。有趣的是，再力花虽然体形修长，叶片厚实肥大，开出的花朵却秀气十足，清新雅致。

再力花是漂洋过海来到中国的。它原产于美国南部和墨西哥，属于热带植物，喜欢温暖湿润、阳光充足的气候环境，不耐寒，所以入冬之后，再力花地面上那部分逐渐枯萎，呈现出一种凋残之美。不必伤感，看吧，来年春天，它又蓬蓬勃勃地生长出来。

再力花外形美丽：丰盈翠绿的叶子，挺拔如玉的花茎，优雅而飘逸的花朵。除了给我们视觉上美的享受外，再力花还有净化水质的本领。

我特别喜欢再力花的名字，再力花，再力花！冥冥之中似有神谕，当我遇到困难想要气馁的时候，似乎听到再力花对我说：坚持，再努一把力！是啊，只要我们每天都能再努一把力，那么我们的生命一定是充实丰富的，那么我们的一生也都在进步之中！

我常常想，人与人相遇相识是缘分，值得珍惜；那么人与一朵花的相遇相识，岂不又是天意？既然是天意，又怎能不珍视？感谢造物主让我遇见这样美丽的花朵，感谢造物主赐予我这样飘着花香的世界。

再力花清新可人，在这闷热的夏日，有这样清新可人的花朵陪伴，心自然会安静下来。

2018 年 7 月 2 日

中西水仙花

下班回家，刚打开门，一阵清香扑面迎来。

我家的水仙花开了。早上走的时候，没有看见，似乎也没闻到香气。竟然不到半天时间就绽放了，也许是我出门前太匆忙没有在意它们吧，也许是它们想给我一份带着芬芳的惊喜吧。

这些水仙花是在元宵节那天到花市买的，水仙花，又叫中国水仙，在它众多的别名中，我最喜欢“凌波仙子”这个名字。北宋著名文学家书法家黄庭坚的朋友王充道送给他 50 枝水仙花，欣然写了绝美诗句：“凌波仙子生尘袜，水上轻盈步微月。”他眼中的水仙犹如洛神，在水面上轻盈地踏着朦胧的月光。我猜想，段誉的“凌波微步”由此而来。

我每年都要买几株中国水仙，犹如是我的老朋友，年年相见，年年一起读诗诵文，这似乎正和她的花语相符：多情，想你。

今年，第一次买了两株风信子。几天前在图书馆看到同事窗台上的玻璃瓶里养着几株花，每个瓶子上的花颜色不一样，红的，白的，紫的，这些花根部像大蒜，根须在清澈的水里，也很漂亮。她们告诉我，这叫风信子，喜欢这个名字。

风信子别名西洋水仙，女儿戏称我家今年水仙花是中西合璧。

西洋水仙，今年算是第一次真正相识。我买的这两株西洋水仙是鹅黄色的，几十朵像小喇叭花一样的朵儿密密地有序地排列在花茎上，它们是想给我来个小号专场演奏吗？让我听听它们开花的声音？再细看，每一朵花儿又像淘气的宝宝嘟着香喷喷的小嘴，可爱极了。西洋水仙的香气比中国水仙还要浓郁，我不由深吸一口。女儿赶紧提醒我："妈妈，别太花痴啦，谨防花粉过敏。"

我不由笑道："这么美的花，怎么会过敏呢？"女儿见我不信，就查找一下相关信息，它散发浓郁的香气，的确不宜近距离深呼吸，过敏性体质最好远离它的花粉。我又打开刚刚买来的《中国观赏花卉图鉴》，里面也没提到花香对人的影响，也许有的是常识性的，不用特别说明吧。

这么美丽的花朵，这么馥郁的香气，竟不能太近距离接触，有点遗憾。

西洋水仙的花语富有激情：点燃生命之火，同享丰盛人生！

无论是中国水仙还是西洋水仙，它们都比较容易养，特别是中国水仙，它们所求很少，只需一杯清水。我一厢情愿地以为，用清水浇灌出来的花朵是有水一样的洁净，有水一样的清澈，有水一样的灵动。

2017 年 2 月 28 日

祖源印象

清明假期，随户外去探访位于安徽休宁溪口镇古村落——祖源。队长冬天说，到祖源需要穿越山中一条古道，翻过山顶的木梨硔村，然后再下山，才能到达祖源。

早晨7点半，队长带领我们从黄山市快捷酒店出发（前一天夜里12点半到达黄山市），前往被誉为“黄山最美的高山村落”——木梨硔。

天公不作美，淅淅沥沥地下起雨来，尽管看了天气预报，但雨水比预想的要大得多。

幸好队长经验丰富，给我们准备了雨衣。大巴车在山里行驶两个小时左右，在一处山路旁下车，然后在队长带领下，开始登山。

虽然山路崎岖泥泞，但大家登山速度很快。最让我感动的是我的女同事竟然背着4岁的孩子登山，我同事大汗淋漓，而孩子在母亲背上安然酣睡。好久没有登山了，我累得气喘吁吁，爱人拉着我一个劲儿追赶，我汗流浃背，脸上都不知道是雨水还是汗水。雨似乎越下越大，没有一点儿停下来的意思，我也只顾看着脚下的路，偶尔抬头望望对面云雾缭绕的一座座山峰，不知道那里有没有世外高人。有时候眼中飘过一朵或者一片山花，红艳艳的，诱人。为了不掉队，我只好低头努力追赶，正要问还有多远，队长说，前面就是了！赶紧加快步伐，努力攀登，终于登上了木梨硔。这时，雨更大了。衣服几乎湿透。

这就是木梨硔村呀！伫立在山峰之巅，村庄极小，感觉几步就从村头走到了村尾。雨，似乎是越来越大，一位年长的村民笑着说："这样的雨天，你们怎么还上来了呢？"我朋友笑着说："来看看你啊！"千里一面，笑谈间匆匆别过。

我们在山上一家客栈吃午饭，这家有三口人，因接待我们6桌游客，从早上4点就开始忙碌了。队长给我们介绍，这个村子里的居民差不多都搬到镇上去了，只是最近几年，由于这里优美独特的风景被摄影爱好者们发现，越来越多的游人奔向这里，有的村民看到商机，就从镇上回来，把原来的老房子改造成客栈，迎接四面八方慕名而来的游客。

队长说，我们还要从木梨硔经过一段长长的山路才能到达祖源，在木梨硔只是做一个短暂的停留。雨还一直下着，厚厚的雨帘完全遮住了木梨硔神秘的身影，云海中的木梨硔还是那个笼罩着神秘面纱的木梨硔，而我们只不过是那云海中微不足道的过客。

吃过午饭，冒雨下山，前往祖源。

挥手告别风雨中这个小小的村落，这个被誉为"黄山最美的高山村落"，这个静立于高山之巅叫木梨硔的村落！

上山容易下山难，更何况是下着大雨。我们沿着泥泞的山中小道蜿蜒前行，几个孩子，一路上兴致勃勃。那一阵阵的雷声，那潇潇的雨声，和着队友们的欢声笑语，在深山中久久回响。也许是距离祖源越来越近了，队友们开始留意山路旁的野花，朋友看我艳羡的样子，随手采了两朵给我。一位队友笑着说："路边的野花不要采哟。"我举着两朵红艳艳的山花，脚步似乎轻盈了许多，如果不是穿着雨衣，我一定把花儿插在头上。喜欢杜牧《九日齐山登高》那句"尘世难逢开口笑，菊花须插满头归"。

尽管山路越来越难行，但看看队友们，似乎没人在乎眼前的崎岖泥泞，因为前方有个“梦里祖源”，它在那里等着我们。于是，我也加快了步伐。

经过近两个小时的艰难跋涉，我们终于来到了传说中的祖源。它静卧在深山的怀抱里，粉墙黛瓦，在烟雨中，更显迷蒙安静，不知道我们的到来是否惊扰了它的清梦。

我们一身雨水一身疲惫到了客栈，客栈是队长一个月前预定好了的，我们一路风雨一路泥泞，需要休息一下。

我们的房间是二楼的一间崭新的小木屋，打开房门，一阵清新的松木香气扑面而来。房间布置很简单，一床一桌一长板凳，屋顶、四壁都是木头的，这是一间地地道道的小木屋，我喜欢这木头的色泽和香气，这是货真价实的松木小屋。推开那扇木格窗子，一阵清新的山风挟裹着潺潺流水声飘进小木屋。我趴在窗口，望着烟雨迷蒙中的青山，那一层层绿油油的梯田，一小片一小片金黄金黄的油菜花，完全忘却了一路上所有的劳累。金黄的油菜花给这个小山村抹上了一层明亮的色彩。

我们想到村子里走走，就用店主给我们备下的电吹风吹干头发，可是刚吹了几下，停电了。我们来到一楼看看怎么回事，客栈主人说，村头的电线被雷电烧坏了，正在抢修。客栈女主人看我们衣服鞋子都湿乎乎的，赶紧给我们端出一个火盆（后来才知道大厅已经有一个大火盆了）。原来山里潮湿，家家都备有火盆，我和朋友边烤衣服边跟客栈女主人拉着家常，似乎忘记了游客的身份。如果你想和三五知己围炉夜话，也许，这里你可以找到那样的情调。

烤烤火拉拉家常，不知不觉天色暗了下来，客栈主人为我们准备的晚饭也做好了。这个时候，屋里突然亮了起来，来电了，小小的村庄里那点点的灯光，像极了天上的星星。

第二天一大早，在潺潺的溪流声中醒来，推开小窗，流水声更响了，还伴着几声蛙鸣。雨终于停了，山岚更显氤氲缭绕。

我和爱人在村庄里随意走走看看，早晨的村庄静谧祥和，似乎只有溪水声。村庄没有规则，高高低低，参差错落，依着山势而建，如果要说规则，那就是溪水曲曲折折从家家门前经过，有的人家门前溪水大一点，有的小一点，溪水清澈，我忍不住掬一捧溪水，特别清凉，村里人家已开始在溪水中淘米洗菜洗衣服。

在一户人家门前，我们正在拍照，从屋里走出一位老奶奶，我们不好意思地说："打扰了！"老奶奶说："87 了。"可能是老奶奶没有听懂我们的话，我们笑着说："您看起来只有 70 呢。"老人家邀请我们进屋坐坐，我们笑着告辞了。

村里人家至少有一半改造成客栈了，家家门前都种着花花草草，布置得特别漂亮；也有的房子已经残败，颓圮的断垣上长满了厚厚的青苔，如果没有络绎不绝的游客，这里真的算得上世外桃源了。

天空亮起来了，我们开始遇到一群又一群的游客，小村庄开始热闹起来了。

我们终于找到那棵千年神木——红豆杉，它粗壮的干，至少三个成年人才能环抱过来，它旁边的一根斜枝，就有一人环抱粗，摸一摸它的肌肤，那么光滑坚硬。它高高地伫立在村头的山坡之上，像巨神一样守护着山村的安宁。其实，这里的红豆杉真多，在我们住地的门前就有一棵粗大的红豆杉，它的名片上写着 120 年，根部被砍了一半，树心被岁月掏空，但是在枯槁脆弱的主干旁边，又长出了新枝，那么茁壮，那么蓬勃，彰显着生命力的顽强！

太阳终于穿过厚厚的云层出来了，山岚散去，群山更显郁郁葱葱。

是告别的时候了，我再次望着这个静卧青山，绿水环绕的村落。

"山中何所有，岭上多白云。只可自怡悦，不堪持赠君。"

我从祖源的群山中带回一片白云，如果你喜欢，那就赠予你吧。

2018 年 4 月 7 日

我们的“后花园”

朋友常常自豪地说：走，到我们的“后花园”看看。

她所说的“后花园”是指古黄河雄壮河湾公园。的确，这里景色秀美，漫步其间，心旷神怡。道路两旁芳草青青，河畔垂柳依依，园内廊桥高拱，怪石嶙峋。

缓步前行，又见万卷山、登高台、神马石，蔚为壮观。所到之处，河水碧波荡漾，树木苍翠蓊郁，四季优美如画。春天，这里梅花、杏花、桃花竞相开放。徜徉在红梅树下，你也许会来一首《红梅赞》：红梅花儿开，朵朵放光彩……唤醒百花齐开放，高歌欢庆新春来。漫步那片杏花林，粉色的杏花恣情绽放，宋祁的“绿杨烟外晓寒轻，红杏枝头春意闹”不禁脱口而出，红杏以自己特有的芳姿装点着春天。驻足于妖娆的桃花下，也许你发思古之幽情，“桃之夭夭，灼灼其华。之子于归，宜其室家”。这是两千多年前，我们的祖先送给即将出嫁姑娘的祝福，类似于我们今天送给新娘的祝福：相亲相爱，幸福美满。这美好的祝福一代代绵延！

夏日，荷花优雅绽放，袅袅婷婷，香远益清，让游人流连忘返。岸边的睡莲叶子肥厚，花朵饱满，一天时辰不同，花容不同，这里的睡莲比莫奈笔下的更具蓬勃的生命力。

漫步在秋天的雄壮河湾，好像在缤纷的色彩里穿行。这个季节，园中的叶子呈现出最多彩的姿容，枫叶火红，银杏金黄，荻花如雪，色彩纷呈，应接不暇。

寒冷的冬日来临，公园进入了一年中最静谧的时光，河面比往日开阔了许多，三三两两的垂钓者专注如雕塑，水边的芦花在夕阳中如同一幅水墨画，也许在你静静欣赏的时候，那一大片青松傲然来到你的面前，你精神会为之振奋。这时候你也许期待来一场大雪，好吧，皑皑白雪之中，松柏青翠挺拔。岁寒，更显松柏之气节！

这时，你也许想泼墨挥毫，或来个丹青妙笔，来展示我们“后花园”迷人的景色，展示我们这个水韵小城的魅力。那请你移步到宿迁市艺术馆。

艺术馆坐落在雄壮河湾公园中部，艺术馆外观典雅灵动，与公园自然景观和谐一体。艺术馆里不仅展示本土艺术家们的作品，还不定期地展示世界各国艺术家们的作品，让你不出国门就能欣赏到其他国家的文化艺术。

艺术馆向市民免费开放，让你在欣赏自然风光之后，再来欣赏书法绘画等艺术。二楼还设有艺术爱好者的活动室，你还可以一边品茗一边挥毫。

纸墨笔砚都已备好，那么开始描绘我们的“后花园”美好的画卷吧，描绘我们家乡更加美好的明天吧。

2021 年 12 月 2 日

第二辑

亲情诗韵

59片叶子

刚下课，我那特别尽责的课代表小熊同学追上来问我："老师，要布置哪些作业？这个星期休息一天半呢！"我知道，为了准备期中考试，同学们已经有两个多星期没有好好休息一下了。既然小熊同学这么尽责，那就布置一下本周末作业："第一，睡个懒觉；第二，吃个美食；第三，带几片树叶给我。"小熊同学听后跳跃着跑回教室，身后传来了同学们的欢呼声。

星期一，走进教室，真养眼，全班59位同学桌子上都摆放着几片美丽的叶子。我转了一圈，把每位同学的叶子浏览了一下，真的色彩斑斓，形态万千：红的，绿的，金黄的，枯黄的，黄绿相间的……扇形的，船形的，五角形的，椭圆形的，苗条形的，肥胖形的……

能叫出名字的：柳树叶、银杏叶、梧桐叶、红枫叶、桑叶等；更多是似曾相识却叫不出名字的叶子，对它们，心里有点惭愧和抱歉。

有几张课桌上宽大的梧桐叶最惹人注目，我不禁问道："你们几位都喜欢梧桐叶子？"他们齐声回答："梧桐更兼细雨。"看来我们刚学过的《声声慢》，对孩子们的审美产生了影响，如果因为一首词而熟识一片叶子，爱上一片叶子，这岂不也是增添生活的诗意？

有个平时笑嘻嘻的男孩带来一支柳条，虽然已是深秋，但柳叶还是密密的绿绿的。

我笑着说：“请你们在这片叶子上写出你最想说的一句话，签上你和叶子的大名，下课后送给我，好吗？”

同学们异口同声：“好！”

一句话很快就写好了。下课后，小熊同学把全班同学的叶子收集起来放到一个塑料袋子里面。

下午，我一一欣赏孩子们写在叶子上的话，惊喜孩子们在一片片叶子中的发现，也让我对他们有了新的发现。

发现他们是如此善感多情。

有的同学直抒胸臆：“红叶最多情，一叶寄相思。”

有的同学说：“这是我们校园里的银杏叶子，每天清晨遇到它，看着它在晨风中摇曳，总让我想起老家那棵银杏树。”

有的同学说：“这是母校的一片叶子，见证了我的成长。”

有的同学说：“落叶知秋，情谊如酒。风渐凉，有喜却无忧。岁月流走，蓦然回首，一声问候，友情依旧。”

发现他们就是诗人，请欣赏他们的诗句吧。

“落叶，谱出一首诗。”

“听，森林在低语。”

“风中有声，沙上有痕，光中有影，树下有你。”

“初冬的风，悄悄吹过，随风而落的那片叶子，藏着整个秋天的秘密。”

还发现他们也是思想者。

有的问一片落叶：“你的离开是对风的追求，还是树的不再挽留？”

一个说：“万物归根。”另一个说：“落叶归根，就是最好的归宿。”

有的说：“我珍惜这片叶子，包括它的叶蒂、叶脉、叶缘，这些都是一片叶子在漫长岁月中艰难成长的痕迹。”

有的说：“草木一秋，珍惜当下。”

有个女孩写给竹叶的：“不畏初冬的寒风，你用生命的绿色，装点冬日的苍凉。”

那个男生的柳条上，裹着便贴纸，写了两句话，一句是：“不知细叶谁裁出，二月春风似剪刀。”一句是：“木叶飞舞之处，火之意志生生不息。”

喜欢第二句话，感觉很新颖。后来男孩告诉我，这句话出自岸本齐史的《火影忍者》，我说我没有看过这个动漫，但我也喜欢这句话，男孩很开心。

那个特别朴实的女孩在红叶石楠上写道：“你艳艳的红色，暖人心扉，我知道，再也找不到与你相同的一片树叶，你就是唯一。”

是啊，我们，每一个生命，都是世界上的唯一！

下一节课，我们就一同走进这 59 片美丽的叶子，59 颗纯真心灵的美好世界。

2020 年 11 月 23 日

被“天使之翼读书会”圈粉了

难得有个周日不用早起，听着窗外淅淅沥沥的雨声，心想，这个周日就惬意地睡个懒觉吧。这时手机来了一条信息，看了一下，是冯老师在“天使之翼读书会·春晓学堂”群里发布的读书信息。

“春晓学堂”是冯老师在老家关庙镇上设立的一个读书网点。我知道，冯老师的周末是属于“天使之翼读书会”的，今天他要到“春晓学堂”带孩子们读书。

结识冯老师，是两年前在听蝉居的一次诗歌朗诵会上。原来我们是一个村上的，他比我小几岁，在这之前，我们几乎没有任何联系。聊天时得知，2015 年他创办了“天使之翼读书会”，向孩子们提供纯公益的阅读服务。我感佩冯老师创办的读书公益活动，从此开始积极关注冯老师的“天使之翼读书会共读群”和他的朋友圈，热情参与到他的天使之翼读书活动中。

用时髦话说，我被“天使之翼读书会”圈粉了。

难得我这个周末有空，就赶紧问冯老师：“今天我可以跟你一起到‘春晓学堂’去吗？”

“好啊，只是今天下雨，来的孩子可能很少。”

"没关系的。有一个孩子我都愿意。我就是想跟你一起看看读书会的孩子们，学习你怎样带着孩子们读书的。今后，你也可以放心地让我带着孩子们读书呢。"

"好。那我们7点半出发。"这时候，外面的雨声似乎更大了。

这是我第一次和天使之翼读书会的孩子们见面，最好的礼物就是书了，于是我带上几本少儿图书，再带上10多本我的散文随笔集《木槿花》。

8点半左右我们到达"春晓学堂"。也许是因为雨天，也许是因为周日，路上行人很少。但当我们到了学堂门口，已站着母子俩，看到我们来了，妈妈热情地和我们打招呼，还对我说："孩子这次考试不理想，平时也不爱多说话。"我说："你能够这样坚持送孩子来读书，孩子一定会有进步的！相信孩子！"孩子妈妈说家里还有事，把孩子交给我们就匆匆回去了。为了鼓励这第一个到学堂的孩子，我送了他一本《木槿花》。

接近9点，孩子们陆陆续续地到来，有的是家长送来的，有的是几个孩子结伴来的，一个拉着一个，有个小女孩忸忸怩怩不好意思，被同伴硬拉进屋里。

9点整，冯老师带领"春晓学堂"的孩子们读书。

冯老师声情并茂的诵读深深地感染着孩子们，我看见，孩子们纯净的眼睛里有着明亮的渴求的光。我坐在孩子们中间，和孩子们一起，认真跟着冯老师朗读。我知道，读书，可以让他们在懵懵懂懂的岁月中看见人类文明之光智慧之光。

现在，"天使之翼读书会"又在几个乡镇开设了读书网点，那些被"天使之翼读书会"圈粉的老师们，正在各个读书网点带领着天使们读书呢。

如果你也愿意被"天使之翼读书会"圈粉，那么来吧，"天使之翼读书会"欢迎你！

作者按：本文为2020年江苏高考作文下水作文

附：2020江苏高考作文题

根据以下材料，选取角度，自拟题目，写一篇不少于800字的文章；除诗歌外，文体自选。

同声相应，同气相求。人们总是关注自己喜爱的人和事，久而久之，就会被同类信息所环绕、所塑造。智能互联网时代，这种环绕更加紧密，这种塑造更加可感。你未来的样子，也许就开始于当下一次从心所欲的浏览，一串惺惺相惜的点赞，一回情不自禁的分享，一场突如其来的感动。

2020年7月7日

不曾进厨房　竟也知百味

——有感于一位老人话说 2019 年高考作文

上午在办公室，同事说起她老母亲对我们江苏高考作文题的感叹，老人家说："听说今年高考题目是什么水呀，盐呀，味道呀，孩子们哪天进过厨房的，哪能知道那么多味道呀？"我们一听都乐坏了，一致认为这是对今年江苏高考作文的点评之最，更觉得老人家点评得很质朴、很深刻。

细想之下，的确是这个理。孩子们未曾进过厨房，怎么知道百味呢?

但是我们的考生还是太厉害了。不是没进过厨房吗？没关系，他们可以在命题专家们的引导下，在规定的时间内，进行"虚拟体验"。

看吧，专家们不是一厢情愿地认为"有一些同学不理解劳动、不愿意劳动"，没有体验过劳动吗？好了，我们命题专家就来倡议"热爱劳动，从我做起"。于是，我们考生就进行一次紧张的脑力劳动来进行虚拟的体力劳动。（2019 全国Ⅰ卷）

考生们不是没有参加过五四运动、国庆大典庆祝游行吗？没关系，我们命题专家可以引导考生们穿越，不仅能穿越到 100 年前，还能穿越到 30 年后。（2019 全国Ⅱ卷）

劳动也罢，穿越也罢，没有好身体怎么可以？没关系，我们命题专

家给考生们支招了：热爱体育运动！“没有体育特长没关系，但要经常锻炼身体。”（2019 全国汉语试卷）

经常锻炼身体可以增加身体的“韧性”，但仅仅身体有韧性是远远不够的，命题专家们就要求我们把眼光放远一点，心胸格局大一点，想想我们几千年的“历史变迁、思想文化、语言文字、文学艺术、社会生活及中国人的品格”，所以考生们，就以“文明的韧性”为题，谈谈你们的思考吧，当然思考还要“合理”哦。（2019 北京卷）

健康的身体哪能色盲，否则，“2019 的色彩”就有点危险了，“红灯”看成了“绿灯”能不危险？（2019 北京卷）

考生们以为这样就可以了吧？还不够！命题专家们对你们的期望还有呢！你不懂点音乐怎么行？“不同国家的音乐”“不同风格的异域曲调”，特别是“中国味”的音乐，考生们都要懂得，更要“有意识”去寻找。你可能还要去拜访拜访三千年前我们的先民，看看他们是怎么向心仪的人“琴瑟友之”的。（2019 上海卷）

考生们既要怀想先民，还要珍惜当下，感恩感激之情已经溢于言表了。但是这只能算是小情怀，专家们认为，作为 21 世纪的年轻人还要有大情怀，还要有英雄情结，对此，我也很赞成，认为这是年轻人必须有的情怀。（2019 全国Ⅲ卷、2019 天津卷）

你以为你是生活的主人了，可以随性了。不可！我们命题专家们还希望你成为生活的“作家”，还要成就一部“作品”呢。这样就可以了？还不可，别忘了，还有“读者”呢！“你将如何对待你的‘读者’呢？”（2019 浙江卷）

因此，在我们命题专家眼里，我们的考生们不仅要知道“柴米油盐酱醋茶”，还要熟知“琴棋书画诗酒花”；既要“上得厅堂”，还能“下得厨房”。有我们命题专家引导，我们的考生们个个是文韬武略，笑傲考场。

孩儿们，十八般武艺，操练起来！

2019 年 6 月 10 日

弟子清怡

昨天中午等车时，正遇到学生们放学，一辆辆电瓶车从我身边疾速驶过。这时一辆小巧的电瓶车停在我身边，然后听到甜甜的一声：“安老师，我送你回家吧。”我一看，原来是我的学生陈清怡。

我赶紧说：“不用你送，清怡。”

“老师，我可以顺带送你到下一个站点！”不想辜负清怡的一番美意，我就坐上了她小小的电瓶车，然后到她家附近的一个站点。

清怡又说：“老师，到我家吃饭吧。”我知道，这是清怡的性格：热情率真。

我笑着说：“好孩子，我吃过了！你赶紧回家吧。”望着清怡可爱的背影，心里充满着幸福。

清怡高一时是我的学生，现在高三了。清怡，人如其名，特别可爱，天性敏感善良。高一时候，她是英语课代表，常常顺道就到我办公室玩玩。我们师徒俩就挤在一张椅子上聊天。我喜欢听她讲话，那是一个正在成长中的孩子对这个世界的认识和看法。有些事，在我们成人看来是无所谓的事，甚至从来没有关注到的事，但在她看来却特别重要，甚至宁愿挨批评。

有一天，清怡嘟着小脸来找我，竟然是为了一只流浪狗和妈妈生气了。

我问了一下事情原委，原来是清怡到校门外小吃部吃晚饭，出来时候，看到一只脏兮兮的小狗趴在门旁，可怜巴巴地望着她，她赶紧跑去给小狗买吃的。第二天中午，她又专门跑去看看，小狗竟然还在，她又赶紧买点吃的给小狗，又给妈妈打电话，要把小狗带回家养。她妈妈和她说，她们家现在还住在单位房子里，工作又忙，根本没有时间养狗，坚决不同意她把小狗带回家。晚上再去的时候，小狗不见了。她担心天气寒冷，小狗会冻死，她就生妈妈的气了，认为是妈妈不要这只小狗的，说妈妈怎么忍心让一只那么小的狗流浪在外呢。

清怡对一只小狗的悲悯深深感动了我，我安慰清怡，小狗一定被好心人收养了。她还是不放心地追问了我一句："是真的吧？"我望着她清澈的眼睛，用力地点点头。

清怡很爱妈妈，也能体谅妈妈。有一次，我夸赞她衣服漂亮。没想到这句夸奖竟让清怡抱着我流泪了。我吓坏了，赶紧抱抱她，问她怎么回事。

清怡说："自从爸爸妈妈工作调动到市里，经济上一下子有了很大压力，因为要准备买房子。之前在我们县城的时候，我妈妈新衣服可多可漂亮了。可是自从到了市里这边，妈妈却从来没买一件新衣服。看着妈妈总是穿着原来的衣服，我真的很难过。"

我宽慰她："你能这样体谅妈妈，她一定特别开心。别想太多啦，为了妈妈，一定要加油努力！"清怡含着泪笑了。

清怡不止一次对我说起她的梦想——做个甜点师，为孩子们设计许许多多健康的可爱的小甜点。我说，清怡，无论你的梦想是什么，老师都会一直支持你的。你的英语一直很厉害，老师希望你将来能够到世界各地去学习考察，我们只有拥有了知识和远见，我们的理想之花才能开得更艳丽，也才能结出甘甜的果实！

我笑称她是“甜点公主”，她说她要成为世界顶级甜点女王。

清怡，加油！

2017 年 9 月 23 日

“二王子”之争（外一篇）

“二王子”之争

今天，我刚抱着电脑和课本走出办公室，遇到我班”二王子“。他们俩都姓王，又特别要好，进出教室都是结伴在一起的，我笑称他们为“二王子”。现在他们争着帮我抱电脑，拿课本。我顺手就给了其中一个王子，另一个王子不停地抱怨：你怎么能抢我的呢？另一个腼腆地笑着，小声地解释着什么。我跟在他们后面，看着这两个阳光帅气的王子，享受着作为老师的快乐和幸福！

二王子课间常常和我聊天，他们曾郑重地告诉我：“老师，我们俩想好了，将来也要做老师，做一个像您一样能和学生成为朋友的老师！”听到自己学生这么说，我只有幸福得傻笑！

二王子者，王有为、王鹤也！

2016 年 12 月 5 日

“二王子”效应

昨天二王子争抢帮我抱电脑拿课本，我只以为他们碰巧经过我办公室，没想到竟产生了连锁效应。

今天课间，又有两个男生兴冲冲跑到我办公桌前：“老师，今天有什么需要我们效劳的！”我先是一愣，然后突然想起：难道这是二王子效应？同事们看到了，都开玩笑说：“把你们老师办公桌搬走。”

更没有想到的是，我刚到教室门口，我那一向温柔爱笑的课代表嘟着小嘴跑到我面前告状了：“老师，他们都来抢我饭碗了呢！”

我笑着逗她：“那你就做公主好了，指挥他们，正好课间时候你能补充一下能量（我看她手里还拿着点心呢）。”

可爱的课代表开心地笑了，蹦蹦跳跳跑向座位，也许是我给了她“公主”的身份，也许是因为有了这么多“王子”愿意做她的助手吧。

这是一群多么活泼可爱的孩子啊！他们阳光开朗，勤奋努力，积极向上。能成为他们的老师，是我的快乐，更是我的荣幸。

2016 年 12 月 6 日

固本求妙

最近腰椎又不舒服了，朋友推荐一家诊所让我去针灸推拿一下。诊所很小，但锦旗耀眼，看着“妙手回春”的锦旗，我对医生的信赖感大增。“妙手回春”是患者对医生的最高赞赏，也是医生对医道的最高追求。

生活中，我们是热衷于追求“妙手”的，那些“妙手”也备受推崇。下棋者追求“妙手一着”，出人意料，全局在握；写作者追求“妙手天成”，行云流水，天然无雕饰；绘画者追求出神入化，能够成为“妙手丹青”，如此等等，真是“妙手如云”，“妙”趣横生。一个“妙”字何等了得！

但如果我们把目标过多甚至过分地盯着“妙手”，忽略了“本手”，那么“本”不牢，“妙”亦难能成矣。

如何能成为“妙手”？“固本守正”，从“本”开始。“本”者，根本也。符合“正规棋理”是本，符合“医者仁心”是本，作家讲好中国故事、坚定文化自信是本，公民遵守道德法律、公序良俗也是本。

“本”是基础，“本”是基本功。那些武林高手，也是从屈身、跳跃、回还、翻腾、跌扑等基本功练起，基本功一定要扎实，基本功里既要有知识性也要有实践性。

“君子务本，本立而道生。”“本”是“不忘初心、牢记使命”的坚守，是“铁肩担道义，妙手著文章”的责任和担当，是心中有理想之灯，眼中有信念之光。

成就“妙手”者恒心和毅力不可缺。“妙手”选择的道路往往是蜿蜒曲折，千回百转，是山水迢迢路遥遥。“妙手”光鲜的背后是废寝忘食、殚精竭虑，惨淡经营。一夜成名，一夜暴富，不是“妙手”所求。“妙手”的最高境界是“众里寻他千百度”，是“踏破铁鞋无觅处”。“妙手”们越是往前走、向上攀，越是善于从走过的路中汲取智慧、提振信心、增添力量。

大千世界，芸芸众生，能达到妙手者，毕竟是凤毛麟角。有人说，我努力了但做不到“妙手”，只能做个“本手”，其实，做到“本手”也挺好的，本本分分做人，踏踏实实生活，自得其乐，不改其本。

也许有的初学者说，我就是想挑战一下自己，最后下个“俗手”也情愿。我认为，这也无可厚非，撞了南墙，能回头，也是成长。

总之，正是因为有了“本手”“妙手”“俗手”，“巧手”“笨手”，“大手”“小手”，这个世界才丰富多彩。所有的“手”都相依相连，共同创造这个奇妙的美好和谐的世界。

作者按：本文为 2022 年江苏新高考下水作文

附：2022 年新高考 I 卷作文题

“本手、妙手、俗手”是围棋的三个术语。本手是指合乎棋理的正规下法；妙手是指出人意料的精妙下法；俗手是指貌似合理，而从全局看通常会受损的下法。对于初学者而言，应该从本手开始，本手的功夫扎实了，棋力才会提高。一些初学者热衷于追求妙手，而忽视更为常用的本手。本手是基础，妙手是创造。一般来说，对本手理解深刻，才可能出现妙手；否则，难免下出俗手，水平也不易提升。

以上材料对我们颇具启示意义。请结合材料写一篇文章，体现你的感悟与思考。

要求：选准角度，确定立意，明确文体，自拟标题；不要套作，不得抄袭；不得泄露个人信息；不少于800字。

2022年6月8日

监考

今天开始期末考试，第一场语文。年级领导一再强调，监考时不许看书看报更不能看手机，眼睛只能望着学生。

目光轻轻掠过孩子们，我接收到的是蓬勃的青春的力量。看着他们沉静严肃的神情，看着他们奋笔疾书的样子，心里满是欢喜和宽慰。

有个女孩把春季校服上红红的蝴蝶结戴在头发上，给肃静的考场带来了灵动和俏丽。

那个扎着马尾辫的女孩，一边思考着，一边时不时地拉拉辫梢；那个脸上长着青春痘的男生，左手会不自觉摸一下刚刚冒出来的痘痘。

再看看他们飞快写字的手，干净修长，这是读书人的手，也是不事稼穑的手。想想自己在他们这样大的时候，放学回家需要做农活，手上不是桑叶汁就是红薯汁，除了笔，还有镰刀锄头。有一次在讲桌上批改作业，坐在讲桌旁边的女孩惊奇地问我，老师，您手指怎么有那么多小伤痕呀？我说，割草时候镰刀割伤的。“老师，那该多疼呀！”我笑了，告诉她，割草时候手指割破是很寻常的，割破了，就抓把泥土按在伤口上，或者把野菜捣烂敷在上面。女孩敬佩地望着我，好像是多么勇敢似的。我想告诉女孩，一代人有一代人的经历，那曾经的寻常经历，在另一代人眼里常常会觉得不可思议，我们就是这样在一代又一代的貌似“不可思议”的行为中前行着。

这个时候，来了几只蚊子，身量修长，嗡嗡地凑近前排男孩的试卷，男孩忍不住挥了挥手，我赶紧用试卷袋子赶走了蚊子。

我监考的是一楼教室，这个季节，来几只蚊子太正常了。不由想起2006年的新校区，那时候，校园刚刚建成，校园四周是庄稼地，还有一大片西瓜地，瓜熟时候，校门口对面的马路旁经常摆着好多西瓜摊子。也许是距离西瓜地太近，校园里的蚊子苍蝇真多真大呀！我的班级在一楼，下课的时候孩子们就同蚊子战斗，晚自习的时候，那蚊子就更不用说了，每个孩子脊背上脚面上胳膊上，没有不带几个大红疙瘩回家的。当时我还戏写了一篇《新校区的蚊子》，多么希望校园里琅琅的书声也能把蚊子教化，不再去叮咬孩子们。

一晃来新校区已经15年，2006年出生的孩子7月初就要来学校报到了，校园四周方圆几十里的农田上现在已是高楼林立。曾经以为沧海桑田是几千几万年甚至是上亿年的事，可是现在，你可以眼见着沧海变为桑田，桑田成为沧海；眼见着这里似乎才起了高楼，又眼见着那里被夷为平地。年轻时候读到“人生天地之间，若白驹之过隙，忽然而已”，以为是庄子浪漫夸张的笔法，如今深以为然。

恍惚间，又一只蚊子从眼前飞过，我正正神，继续望着考场中凝神答题的孩子们，相信岁月不会辜负他们今天的努力！

2021年6月26日

绿色军装梦

“老师，我考上国防大学啦！”

“老师，我考上解放军西安政治学院啦！”

“老师，我考上解放军电子工程学院啦！”

每年高考放榜后，让我欣喜和欣慰的是，总有那么多学生们，实现了他们的绿色军装梦！

是啊，谁的青春里，没有一个绿色的军装梦呢。穿上一身绿军装是每一代年轻人最初最美的青春梦想。

记得小时候，在我们生产队墙上看到一幅宣传画，画面上是几位女民兵，手握钢枪，目光炯炯。我向往画中女民兵们那飒爽的英姿，更羡慕那一身绿色的“武装”。穿上一身绿军装，成为一名飒爽英姿的女兵，是我年少时最初的梦想。

初三时候，我们课本上有一篇魏巍的《谁是最可爱的人》，这篇文章深深地震撼着我，特别是文章开篇的几段文字，从此镌刻在了我的记忆里：

在朝鲜的每一天，我都被一些东西感动着；我的思想感情的潮水，在放纵奔流着；我想把一切东西都告诉给我祖国的朋友们。但我最急于告诉你们的，是我思想感情的一段重要经历，这就是：我越来越深刻地感觉到谁是我们最可爱的人！

谁是我们最可爱的人呢？我们的战士，我感到他们是最可爱的人。

……他们的品质是那样的纯洁和高尚，他们的意志是那样的坚韧和刚强，他们的气质是那样的淳朴和谦逊，他们的胸怀是那样的美丽和宽广！

从此，这些最可爱的人成为我的榜样，我更加渴望成为像他们一样的人！

我初中毕业那年，舅舅从部队回家探亲，一身笔挺绿军装的舅舅成了我和弟弟妹妹们心中的英雄。舅舅那身绿军装啊，惹得我们时不时地上前轻轻地摸一摸，那么平滑，那么挺括，似乎又是那样的神圣。我们一整天围绕着舅舅，央求舅舅给我们讲一讲绿色的军装绿色的军营。

舅舅给我们讲了他的枪他的班长，最后，舅舅严肃地对我们说：这身绿军装是一种光荣！

舅舅还说，穿上这身绿军装，就是军人，军人意味着责任，艰难险阻前要挺身而出，烽火硝烟中要勇往直前；军人意味着牺牲，穿上这身绿色军装就要时刻准备着牺牲，这是一份光荣更是一份责任！

年少的我们对这些话似懂非懂，但是舅舅说话时候严肃的表情，让我们感受到了这身绿色军装所代表的内容。舅舅退伍回来，送给我一件旧军装，我如获至宝。它是我高中时候最珍贵最好看的衣服，现在高中同学见面，他们还会说起我高中时候最喜欢穿军绿色衣服。

1986 年，我考上了大学，开学之后要进行为期四个星期的军训。学校发给我们每人一身崭新的绿军装，同学们都兴奋极了！一到宿舍，也不怕天气热，一个个穿上军装，勒上皮带，戴上军帽，一个个英姿飒爽啊！我，也终于圆了绿色军装梦，尽管我拥有这身军装只有四个星期。

我们的教官是一位年轻的小战士，说话时还会脸红。可是当他走向训练场，带领我们训练的时候，似乎换了一个人，是那样威武严整，一丝不苟。天气炎热，训练一会儿，就汗流浃背。我们忍不住想擦擦汗，但是教官说，在没有命令之前，任何人都不能有其他动作，这是作为一个军人最基本的要求。我们在年轻教官威严的目光下，悄悄把身姿站得笔直，任汗水流淌。

军训有一项必训内容——整理内务，整理内务是基本功之一，其中一个要把被子叠成豆腐块。因为是第一次到几百公里外去上学，母亲担心冬天太冷，就给我套了一床厚厚的新棉被，把这么厚的棉被叠成豆腐块，真的把我难住了。我实在没有办法，只好请求教官帮忙，教官很有信心，可是被子太厚了，叠好之后，还是圆乎乎的，很难有棱有角，小教官不由加大力度，“啪”，线挣断了，小教官不好意思地笑着说：“你这被子真的没有办法叠成豆腐块了，我从来没有见过这么厚的被子。”生活在南方的小教官，笑起来是那样的腼腆可爱。

军训期间，最让我们期待振奋激动的是到野外打靶，那可是真枪实弹。每人只给六粒子弹，第一粒是试发，余下五粒是我们的打靶成绩。当六粒金黄色的子弹握在手里，一下子变得沉甸甸的。我们卧倒，对准准星，瞄准靶心，屏住呼吸。打第一粒子弹时候特别紧张，端着枪微微发抖。当第一颗子弹射出后，肩膀被重重地往后推了一下，再打第二枪时候似乎轻松了许多，正打得过瘾时，子弹没有了，真有点后悔开枪有点太快了。

为期四周的军训眨眼间就结束了，而我和同学们的绿色军装梦似乎才刚刚发芽，但是我们知道，我们会一直守护着她，让她在我们的梦里开出绚丽的花。

当我走上三尺讲台，我又把绿色军装梦的种子向我的学生们播撒，这不，绿色军装梦开出美丽的花来了，她们盛开在我学生们青春的梦想里，那么蓬勃，那么鲜绿！

2019 年 7 月 31 日

玫红色糖纸

整理书橱，翻出一本《朦胧诗选》，纸质已经发黄，随手翻一下，里面竟然还夹着两张糖纸，玫红色的，很鲜艳，名字叫“宝宝牌奶糖”，下面注着：国营常州东风糖果冷食厂。这两块糖应该是我那位家在常州的大学同学送给我的，她每次放假回来都要带一些常州特产给我们品尝。

她高高的个子，特别爱笑，笑起来的时候，眼睛眯着，弯弯的。喜欢听她说话，因为她的普通话里有着江南的温婉。她曾经送我两袋“常州萝卜干”，脆生生甜丝丝的，特别好吃，那是我吃过最好吃的萝卜干。现在，我还会买常州萝卜干，但是已经没有那时候的味道了，也许，那时候的萝卜干的甜味里有着青春、有着友谊吧。

每当假期回来，宿舍里总是飘着各种糖果的甜香。徐州同学带来一大包小孩酥糖（又名小儿酥糖），山东的同学带来一大包高粱饴，我家乡没有特色糖果，就带些红薯煎饼吧。大家总是自豪地说：“这是我们家乡特产哟！”第一次吃小儿酥糖就喜欢上了，那种甜甜的酥酥的香香的味道让我想到家里奶奶点心盒里的桃酥，我也喜欢小儿酥糖纸上的那个胖娃娃，让人忍不住想捏一捏。高粱饴糖呢，有种弹性、韧性、柔性，我们在咀嚼时既甜蜜又充满乐趣，那是真正享受着的甜蜜旅程，那么期待那么小心又那么开心。这些小孩酥糖和高粱饴的糖纸，也被我珍藏着，也许它们正藏在哪本书里做着香甜的梦呢。

大学四年，几乎每次放假回家我都要买点小儿酥糖高粱饴。那时我们的生活委员特别贴心，快放假的时候，总是一一登记同学们要买哪些糖果带回家，然后由他统一去商场购买，几乎人人都把平时节省下来的生活费拿出来买这些糖果。

每次放假回家，我都得到弟弟妹妹们热烈的欢迎，好像从战场凯旋似的。当我从背包里拿出这些花花绿绿的糖果，引得他们一阵阵欢呼，这些糖果，会让他们兴奋整整一个假期，似乎整个假期里都飘着那几粒糖果的甜香。

他们剥糖纸时总是那样专注，似乎连眼睛眨都不眨，好像一眨眼，糖块就跑了似的，糖纸剥开后，还要仔细瞧一瞧，有时还会用舌头轻轻舔一舔，然后才放进嘴里。顽皮的弟弟还会故意在我面前眯上眼睛，仰着头，做出陶醉的样子。每一张糖纸他们都小心翼翼地抚平，收藏起来，有的放在书里，有的放在枕头底下。那时候，几乎每个孩子都喜欢收集糖纸，每一张糖纸都成了向小伙伴炫耀的资本，一片小小的糖纸里，满是孩子们甜蜜的期盼和美好的记忆。

一晃 30 多年过去了，我端详着这本诗集里的两片糖纸，它们还是那么鲜艳，像蝴蝶一样在诗集中飞舞，难道是藏在诗集中的缘故吗，有着诗歌的浸润，她们竟不曾老去?

今天的孩子们，生活在物质富足的年代里，每一块糖果都包装得那么精美，我不知道，一块糖果还会不会引起他们的欢呼雀跃；我也不知道他们还会不会把一张张糖纸珍藏在枕头底下或者书页里。我相信，今天的孩子们依然能够认真对待每一粒糖果，真诚地感谢这份甜蜜。

我希望，有一天，已经是成年的他们，也可以在一本书里找到幼年时珍藏的一片“糖纸”。

2020 年 8 月 10 日

那些镌刻在生命里的歌

朋友带着我去学唱歌，其实我五音不全，更不识谱，哪里能唱歌。朋友说，权当一起玩玩的。没有想到，来学唱歌的人还真不少，大多是“60后”和“70后”。今天老师教大家分声部合唱《唱支山歌给党听》，把这首歌献给建党一百周年，这是一首经典歌曲。跟着这首歌曲，我的思绪飘了很远。

一代人有一代人的歌曲，这些歌曲会成为这一代人生活的主旋律，影响着他们的人生价值取向。

作为“60后”，记忆中，我学会的第一首儿歌是《我爱北京天安门》。我和小伙伴们每天欢欢喜喜地唱着：“我爱北京天安门，天安门上太阳升。伟大领袖毛主席，指引我们向前进。”这首儿歌给我们的童年带来了无限的欢乐和希望，陪伴着我们快乐地成长。这首儿歌，让我在一个偏僻的小村庄里，憧憬着遥远的光芒四射的北京天安门，从此，首都北京成为我心目中的圣地。

小学阶段，老师教唱我们的歌曲是《学习雷锋好榜样》《没有共产党就没有新中国》《三大纪律八项注意》等，这些歌曲朗朗上口，激情澎湃。每天放学在站路队集合的时候，我们都要唱这些歌，负责集队的曹老师对同学们唱歌时的精神状态要求特别严格，必须身体站直，嘴巴张大，喉咙放开，大声歌唱。响彻云霄的歌声让我们校园那些低矮晦暗的教室变得高大敞亮起来，让校园两旁的小树威武挺拔起来。嘹亮的歌声飘荡在我们小小的校园，飘荡在广袤的田野。我喜欢这些歌曲，放学回家后，常常还是一边割着猪菜，一边大声歌唱，尽管所有的歌调都跑得没了踪影。

这些少年时候的歌曲，从此成为我生命的主旋律，也成为我们“60后”这代人生命的底色，无论我们是青春华年还是人到中年还是到了暮年，这些歌曲永远在心底回荡，激励着我们积极向上，不忘初心。

2015 年夏天，和几位朋友到了河南林县（今林州市）参观红旗渠。面对这一人类奇迹，我们敬佩、感慨、震撼。当我们走到“青年洞”时，看到“青年洞”旁画着一面鲜艳的党旗，已近天命的我们，对着这面永远鲜红的党旗，不禁庄严地举手宣誓：我们已把青春献给了党的事业和伟大的祖国，我们无比自豪！这时候，回荡在我们心底的是青春岁月里的那些歌声。

去年春天的一个晚上，在听蝉居茶社，和诗人周永文等几位文友相聚。当我们说起对祖国感情的时候，周永文先生眼里闪着泪光。周永文年轻时候当过兵，他最爱唱的是《我是一个兵》，他最引以为荣的是曾经在祖国的西北边陲站过岗，放过哨。他说，只要祖国需要，我随时听从召唤！

著名讲师徐老师说，我的根已经深深地扎进祖国的大地里，我一丝一毫都不能接受自己成功后就移民海外的行为！他最爱唱的是《我和我的祖国》。

这时，天使之翼读书会的冯老师不由深情地唱了起来：“我和我的祖国 / 一刻也不能分割 / 无论我走到哪里 / 都流出一首赞歌……”大家情不自禁地一起唱着：我最亲爱的祖国 / 你是大海永不干涸 / 永远给我碧浪清

波 / 心中的歌 / 我和我的祖国 / 一刻也不能分割……

那一晚，深情悠扬的歌声随着古黄河悠悠碧波流向远方……

“唱支山歌给党听 / 我把党来比母亲……”悦耳的歌声再次响起，我赶紧把思绪汇入这歌声中。

2021 年 6 月 21 日

青春四月，风雨兼程

自从同学们得知学校安排在 4 月 2 号进行“卓越之旅”，就开始兴奋了。这是我校举办的第九届“卓越之旅”，这次活动主题是“坚定理想信念，践行长征精神”。旅程是从学校步行到三台山国家森林公园，往返路程理论上是 60 里，这对同学们来说的确是一次体能和毅力的考验。

同学们盛情邀请我和他们一起前往，我已好久没有参加这样的活动了，对自己能否走到三台山缺乏信心。可是孩子们齐声说：“老师，有我们！”一位常常被我唠叨的男生说：“老师，你累了，我可以背着你！”望着同学们热切的眼神，听着他们卖萌撒娇的喊声，我答应了，他们一阵欢呼。

在同学们的期待中，4 月 2 号“卓越之旅”如期举行，尽管天色阴沉沉的，还飘着细雨。

6 点半，同学们准时到操场集合，一个个精神抖擞，行装齐备，双肩包更是鼓鼓囊囊。我班一位男生还提个音响，我担心有点重，“老师，一点都不重。”班主任王老师还专门为住宿生带来了自己做的暖心早餐，同学的原话是“贴心早餐”，真的是“贴心”又“暖心”。我班同学还别出心裁，订制每人一顶“班帽”，我戴着这顶印有班徽的帽子，站在同学们中间，似乎心有所属，心也在飞扬。

6 点 50 分，我们准时出发。同学们排着整齐的队伍，雄赳赳气昂昂行走在春天的大地上。一路上红旗招展，嘹亮的歌声飞向春天的田野，路旁的一排排翠柳，一树树繁花都吸引着同学们清亮的目光。

我们走到运河文化大桥的时候，雨下得大了起来，班主任王老师赶紧递给我一件雨衣，我心里暖暖的。

走在我身边的一位女孩笑着问我："老师，你希望今天是什么样的天气？"

"今天这样的天气挺好的。"

她顽皮地说："老师，我是有意给你设了陷阱的。我也感觉今天这样的天气挺好，有诗意。"

"哪个诗（湿）？"

"两个可以同时有。"

"聪明！如果学校因为今天下雨，这次活动推迟，会不会有点小失望？"

"老师，那就不是小失望啦！"

"两天前，奶奶还让我准备防晒霜，怕我晒出痘痘来呢。老师，你看今天我省用防晒霜了。"我被女孩逗笑了。

她身旁另一位女孩充满豪气地说："我们既然选择了'远足'，就会风雨兼程！"

这时正好是绿灯，孩子们跑步前进，我目送着两个女孩手拉手向前跑去，快乐着也羡慕着。

行程走了近一半的时候，同学们有些累了，这时，班长站了出来，拿着话筒，带领同学们高喊："苦不苦，想想长征二万五；累不累，想想革命老前辈！"榜样的力量是无穷的，同学们似乎受到了鼓舞，一下子又振作了精神，步伐轻盈而有力。这个时候，我只能是努力地追赶，好几个女孩说，老师，你好厉害呀！老师想和你们在一起前进，不愿意掉队。有个平时文文弱弱笑起来眼睛像月牙一样的女孩，落在了队伍后面，同伴搀扶着她，我笑着说，你笑起来真好看，眼睛像月牙儿。是的，老师，一点不假。还特意眨眨满是笑意的眼睛，我被她的俏皮可爱逗笑了，这时候，感觉远方已经不再遥远，目的地即将到达。

10 点 20 分，我们终于抵达三台山国家森林公园西大门。这时候，雨下得大了起来。王老师说，我们比预期时间提前半个小时，同学们真了不起！

进入公园之后，同学们在晴翠湖畔欢呼跳跃，忘记了疲劳。

按照行程安排，同学们要在下午两点返回学校，因为身体原因，那段返程的路我就没有陪伴同学们，但是我已完成了自己的预期，甚至可以说是超出了预期。我感谢同学们给我信心和力量，感谢他们青春的笑脸。

我希望，有一天，当我们回望这次风雨中的“卓越之旅”时候，我们依然是吟啸前行，依然说，这点“风雨”，谁怕！

2021 年 4 月 3 日

诗韵盎然

——刘家魁诗歌吟诵会随感

今天（6月2日）是一个寻常的日子，但注定又是一个不同寻常的日子。因为啊，今天下午，“自然之诗——刘家魁诗歌吟诵会”要在我校宣德报告厅隆重举行！这是一次诗歌的盛会，也是一次精神的盛宴！

我走在日日行走的校园里，感觉路边的花儿开得更娇艳了，路两边的香樟树更挺拔苍翠了，那拂面而来的习习清风里似乎都有着诗的芬芳！感觉从我身边匆匆飘过的孩子们的笑语里，也洋溢着诗情。今天，校园里到处是初夏的浓绿阴凉，到处是诗意在蓬勃生长。

我和我的先生有幸参加了此次吟诵会，激动的心情真的是难以言表。这是我平生第一次走上灯光闪耀的舞台，第一次面对几百人朗诵诗作，第一次面对现场直播，真的是既紧张又忐忑。但是刘老师的诗歌吸引着我走上了这个诗歌的舞台，诗友们信任的目光鼓励着我登上这个诗歌的舞台。

这注定是一个难忘的日子，注定是一个幸福快乐的日子。刘老师的诗歌啊，引领着我们走近自然，走进生活，走向生命，奔向灵魂。刘老师的诗歌啊，有的浅吟低唱：《春天》《春天的风》；有的慷慨悲歌：《英雄挽歌》《一个英雄和三个败类》；有的如泣如诉：《妈妈啊，您不要再老了》《哭之经典》；有的如怨如慕：《棉花不是花》《我不能为自己的忧伤命名》等。

今晚，那么多的诗歌爱好者登上舞台，声情并茂地吟诵刘老师的一首首诗作。我和爱人朗诵的是刘老师早期的一首诗作——《乡路》："炊烟般的小路 / 交织在家乡的土地上 / 每一条都通向庄稼 / 每一条都通向母亲 / 这一端是眷恋 / 那一端是希望……"我喜欢刘老师的这首诗，它写出了一代又一代人想远离"乡路"又想念"乡路"的心理，"乡路"就是寻求"心灵家园之路"。我知道，雷鸣般的掌声不只是送给我们的，更是送给刘老师的。

当刘老师站在舞台中央，那么多崇敬的目光聚焦在刘老师身上，那是对诗人的敬重，那是对诗歌的膜拜！

我的一位诗友，兴奋得睡不着，写了很多感想，大呼：我是诗歌的女婿！我们都被他深深地感染！今夜注定无眠！

我知道，刘老师的诗歌吟诵会没有结束，这只是开始！它拉开了诗歌的序幕，让更多的诗歌像波涛一样激荡着人们的心海，它激励更多的人走向诗和远方。

今晚，我们感受着诗歌带给我们快乐和幸福，我们想让亲友们分享我们的快乐和诗情，我们忘记已经到了深夜，我们只想把诗歌直播现场发送给他们。最有趣的是我们家孩子四叔，被刘老师诗歌吟诵会感染，也在我们的大家庭群里朗诵刘老师的诗歌《妈妈啊，您不要再老了》，让远在天津的三姐泪水涟涟，让我们刚刚平复的心情再起波澜。

今晚注定要沉浸在刘老师的诗歌中了，今晚注定要和诗友们一样在诗歌中辗转反侧！

唯有诗歌啊，让人寤寐好之思之求之！

2018年6月2日夜晚

书墙落成小记

暑假里，又从办公室搬回两纸箱的书，阳台上还有爱人的两纸箱书。看看家里的书橱：客厅侧墙的书橱，满了；卧室衣橱旁的书架，满了；两个女儿卧室的书橱，也满了。我把家里环视了一圈，最后发现客厅的电视墙上可以做书架，我家电视比较小，四周还有好多空间。

我把想法和孩子们说了一下，他们有个顾虑，就是我们家客厅本来就小，再装上书架，会不会显得很拥堵。他们建议我把书籍整理一下，有些旧书就不要了，原有的书橱也许能腾出一些空间。可是那些旧书，每次翻翻已经发黄的书页，就像返回一些岁月，特别是大学时代买的书，似乎每本书里都有青春的记忆，它们静静地立在那里，就是见证，见证我曾拥有一段最恣情最自我的年华，哪里舍得！还有两个女儿小学中学读的那些书，也都是她们成长的见证，我又哪里舍得！

她们姐妹俩看我这书也舍不得那书也舍不得，就说：妈妈，就按照你想法，在电视墙上打书架吧。

于是，我找了一家公司，他们派人来测量，设计也比较简单，然后就是选颜色，我喜欢白色，公司经理建议灰色，现在流行灰色，有几十种灰，什么轻奢灰、珍珠灰、巴宝莉灰、皓月灰……当我听到“皓月灰”

时，毫不犹豫决定了，我知道，我的这些书们一定特喜欢待在一片皓月之中，宁静又闲适。

在期待中终于可以安装了。没想到，一大早下起了倾盆大雨，我有点担心，公司经理说，已经装货，雨停就去。十点，雨停，工人上门安装，我心里是满满的感谢。

下午，书架完美上墙。看着这一面墙的书架，特别有成就感，好像是我亲手装上的一样。我和爱人一起，仔细把每一个格子擦干净，然后把那些一直放在纸箱子里的书们抱出来，一本一本放上书架，一本一本整理，并做了个简单分类。也许是它们在箱子里憋闷太久了，当它们站到书架上时，个个神采奕奕，似乎是说：终于可以见到阳光、月光、灯光，尤其是那欣喜而沉浸的目光。

我们俩忙到很晚，累得腰酸背疼，但似乎没有困意。我俩望着这面崭新的书墙，看着满架的书籍，特别有一种满足感。我笑着对爱人说：当我们相看两厌的时候，就看看这些书吧。

望着这满架的书，我甚至觉得自己有点奢侈。不由得想到几天前回老家遇到的那位少年伙伴，她对我说，没有上学读书，是她这辈子最大的遗憾和伤痛。她一直记着我们曾经一起割草的时候，我给她讲的那些故事，她一直记得《哑巴伙计》《林海雪原》，她说，是这些书中故事让她在遇到困难的时候都没有气馁。

她说，自己再苦再累也一定要让孩子们读书。说起孩子，她很自豪，两个孩子都考上了大学，现在已经工作，有了自己的生活。她呢，喜欢把孩子们读过的书整整齐齐地收藏好，刚开始，孩子们不理解，不明白不识字的母亲为什么要细心地收藏他们读过的书，甚至很多辅导资料也保存着。她就把自己小时候因为家里太穷，没有上学读书的痛苦和遗憾讲给孩子们听。她对孩子们说，尽管我不认识那些字，但是看着它们似乎也是一种满足，在我眼里，每一个字、每一本书都是宝贵的，都值得珍惜。

我能理解她对书的珍爱，因为少年时候，我看见过她渴盼读书却又无助的目光，这目光也曾灼伤我的眼睛，这目光也一直告诉我要对书籍珍视，告诉我能安静地读书是一种幸福。

周末，我家年轻人都回来，看到这满墙的书，他们都惊叹了，超出了他们原来的预想。这满墙的书，不仅没有让客厅杂乱，反而让客厅更有特色和气质，他们说这是我们家最漂亮的地方。看着他们站在书架前翻阅着一本本书，我欣喜且欣慰。

我家书墙也因为有了年轻人的热爱而有了新的光泽和芳香。

2021 年 11 月 24 日

听蝉居掠影

最初，朋友介绍的，她说在宝龙 24 街，有一家茶社，叫“听蝉居”，紧靠古黄河岸边，环境非常优美。我平日里不喝茶，对茶兴趣不大，但是对“听蝉居”这个富有诗意的名字感兴趣，总想着有空去看看。

不久后的一天晚上，从女儿家吃饭回来，路过宝龙，我就拉着爱人一起去找“听蝉居”。当时已经快 10 点了，初春的夜晚有点寒冷。我按照朋友说的大概方位，沿着古黄河边寻找，这里商铺真多，灯火辉煌，流光溢彩。我找了两趟，才找到它，也许是它宁静柔和的原因吧。听蝉居临水而居，虽处繁华闹市却那么娴静。第一面，我被它吸引了。

暑假里，天使之翼读书会创办者冯克品老师要给我的散文随笔集《木槿花》举办一个赏读会，他对我说，你定个时间就行了，地点人员等，都由我来负责。我非常感动，这是我没有想到的。一天后，他就把地点发给了我，“听蝉居”，这是我心仪之所呀！我抑制不住内心的喜悦，默默地感谢冯老师，感谢听蝉居主人。

那天早上，天气特别热，我赶个早凉来到听蝉居。晨光中的听蝉居静若处子，那条绵延千年的古黄河从她身旁静静流淌，四周高大的树木苍翠蓊郁，门前的篱墙上一派蓬蓬勃勃，小小的喇叭花迎风歌唱。

当我正站在篱墙边欣赏一朵紫色的喇叭花时，一声热情的招呼：“安老师，进屋来吧！”我抬头一看，这不是邻居妹妹吗？交谈之后我才知道，她就是听蝉居女主人！我不由对听蝉居多了几分亲切。

琅琅的书声在听蝉居响起来了，整整一个上午，我们在幽静雅致的听蝉居诵读，忘记了外面的炎热，忘记了外界的喧嚣。特别是天使之翼读书会的小朋友们，他们清亮的读书声从听蝉居飘到古黄河上空。

后来，诗人周永文先生诗歌座谈会也是在听蝉居。周永文先生对诗歌的热爱和执着，给了我深深的震撼，正是这份热爱和执着成就了一首首优美的诗篇。

有一天，很荣幸接到听蝉居女主人邀请，让我晚上 7 点到听蝉居听一个讲座，茶艺师是从云南请来的，内容是讲解普洱生茶之首“老班章”（第一次听到“老班章”这个名字）。

在我的认知中，喝茶似乎属于男人们，我父亲一辈子不喝酒不抽烟，但就爱喝茶，感觉茶杯就不曾离手。我没有喝茶的习惯，更谈不上品茶了。我也听说过，人生七件事，柴米油盐酱醋茶，但是我似乎一直忙于柴米油盐酱醋，基本上没有涉及“茶”。所以我特别看重这次茶艺师讲座。我对女儿们说，今晚，我要去了解一下茶，也让我的生活有一点茶香哈。

果然不虚此行！不仅了解了普洱茶一些常识，还品尝到了芳香四溢的老班章。

也许更让我好奇和感动的是茶艺师介绍的普洱生茶的加工工艺。普洱茶生茶的加工工艺步骤繁多：采摘，必须是手工采摘，一芽两叶为上；摊晾，散去鲜叶中一部分水分；杀青，用锅炒杀青，闷抖结合，使茶叶失水均衡；揉捻，捻碎茶叶细胞，保证茶汁在冲泡时充分浸出；晒干，把揉捻好的茶叶在太阳光下自然晒干，最大程度保留茶叶中有机质和活性质；蒸压，把晒干的茶叶用蒸汽蒸湿，放在不同模具里紧压，提取香味，使茶叶中果胶溢出表皮，利于压制成型和有别于散茶的独特香味；干燥，把含水量控制到能安全储藏的含水量以下，一般普洱茶要求含水量在10%以下。

我不知道，这是怎样的生命，在经受了那么多磨难之后，却能在滚烫的水中散发着悠悠的香气，并且随着岁月的风霜，还会更加芳香醇厚。

那位云南美女茶艺师说，第一次喝普洱茶会醉。看来，我是今晚注定要醉的那一个，因为这是我第一次喝普洱茶，并且还是老班章呢。

那天我的梦里，有棵古茶树浓绿蓬勃，每片茶叶都发着光飘着香！

那次讲座，让我对茶充满着深深的敬意，但是我依然很少喝茶，也许是因为每天太匆忙了。

今天路过听蝉居，看到听蝉居门前的篱墙上藤蔓碧绿，蓬蓬勃勃，几株长春花鲜艳俏丽。这一次，我没有进去，只是这样静静地欣赏一会儿，感觉这样的相遇相见，也很美。

2017年9月23日

我的体育朱老师

我体质属于天生弱者，生而弱者，本不必自卑也不该自卑，但每逢体育课我还是特别自卑。看着同学们跑步时矫健的步伐，跳高时轻盈的身姿，打球时敏捷的动作，真的是满眼的羡慕，也许还有小小的嫉妒呢。

升入高一，班主任朱老师是我们的体育老师。第一节体育课，朱老师就提出很多要求，比如对站姿的要求：两眼向前看，胸脯挺起来，小腹向后收，中指贴裤缝；跑步时眼睛要盯着前面同学后脑勺，诸如此类。每次上体育课，我就特别紧张，常常是刚开始跑步热身就被老师批评了，原因是没跟上节奏。从小学到初中，都在村里上学，老师们好像都知道我身体弱，几乎都不要求我上体育课。我也似乎习惯了，现在突然要上体育课，心里特别紧张，跑步也跟不上节奏了，这下子我更怕上体育课了，连下课都不想出去，怕见到班主任。

也许因为我们班主任是体育老师的缘故吧，这不，下午第二节课刚下课，朱老师就提着一网兜排球到了教室门口，发现同学们还坐在教室里没有动静，朱老师尖亮的大嗓门就到了："都出来都出来，都到操场活动去，这些排球拿去。"同学们打球的时候，我就站在旁边看着，朱老师发现了，就问我怎么回事，我说因为体质弱，家里人一直不敢让我运动，朱老师说："看你多瘦，越瘦弱越要多锻炼。来，跟我一起慢跑。"于是，朱老师带着我在操场上慢慢跑，虽然只有我一个人，朱老师却认真地喊着口令，矫正我跑步的姿势和节奏。

后来，朱老师在课外活动课时间，专门陪我们几个体质较弱的女生跑步、打排球。我性格内向胆小，朱老师就让我大声喊口令，没有想到，当我大声喊出那最简单的"一二一"时候，心情是那么舒畅。朱老师虽然只是教给了我最简单最基本的锻炼方式，对我来说却是最有效的。在朱老师的严格督促下，经过一个学期的锻炼，我感冒发烧的次数明显减少，扁桃体也很少发炎了，曾因为扁桃体经常发炎肿大，差点就去做了手术。现在想来，真庆幸啊！真的特别感谢朱老师。

我班同学的运动热情都被朱老师激发出来了，运动已经成为习惯了。下午活动课时候，全班同学都在操场上，龙腾虎跃，人人都是运动健将。从全年级来看，我们班运动时间是最多的。

朱老师要求我们在体魄上要野蛮些，但精神上要文明，学习上要努力刻苦。朱老师的口头禅是：会运动会学习。每当我们取得了优异的成绩，朱老师总是笑得眯缝着眼说："你们能够取得优异的成绩得益于运动。运动，身体就强健；身体强健，你们做任何事情都会快乐！你们任何时候都不能忘记体育运动！"

如果说我现在性格还算开朗，还算热爱运动，这都得益于我的体育朱老师。感谢朱老师反复地告诫我，强健的身体是学习工作生活的本钱；感谢因为体育运动，让我克服怯弱，更加勇敢，更加热爱生活。

作者注：本文为2021年江苏高考作文下水作文

附：2021年江苏高考作文题（全国新高考Ⅰ卷）：

阅读下面的材料，根据要求写作。

1917年4月，毛泽东在《新青年》发表《体育之研究》一文，其中论及“体育之效”时指出：人的身体会天天变化。目不明可以明，耳不聪可以聪。生而强者如果滥用其强，即使是至强者，最终也许会转为至弱；而弱者如果勤自锻炼，增益其所不能，久之也会变而为强。因此，“生而强者不必自喜也，生而弱者不必自悲也。吾生而弱乎，或者天之诱我以至于强，未可知也。”

以上论述具有启示意义。请结合材料写一篇文章，体现你的感悟与思考。

要求：选准角度，确定立意，明确文体，自拟标题；不要套作，不得抄袭；不得泄露个人信息；不少于800字。

2021年6月7日

相聚美丽宿迁

两个星期前，大学同学张琳在我们中文 86（1）群里“敲黑板”了（在大学期间，只要班级有通知，张琳同学就敲黑板）：各位同学注意了哈，定于周末（11 月 4—5 日），相约去宿迁玩耍，大家接龙报名啊！

1. 张琳——

同学们能来宿迁相聚游玩，我特别开心，期待着他们的到来！

终于到了 11 月 4 号，同学们相约在这天的下午抵达。宾馆是按照同学们要求定在骆马湖附近。这天下午，我因为有点事情，没能先到宾馆等他们，那心里真个叫急呀。4 点半左右，才急匆匆赶到宾馆，一进大厅，她们就大喊着我的名字，我们在大厅里一边拥抱一边大喊大叫。这一刻，我们忘记了岁月，仿佛回到青春时光。

安顿好行李，大家都想去看看骆马湖，宾馆距离骆马湖很近，大家就步行前往。当我们来到骆马湖碧海银滩的时候，我的同桌雪峰突然不再拉着我，径直冲向湖边，王宏、张琳、胡冰、玉玮、素英等几位女同学也一扫矜持，向湖边跑去。男同学们似乎沉稳一点，他们在沙滩上踱着步子，慢悠悠来到湖边。傍晚的骆马湖，特别安静，清澈的湖水悠闲地荡来荡去，落日的余晖，给湖面披上了华丽的锦缎，整个湖面一半金黄一半蔚蓝。

当太阳只留下最后一点余晖的时候，玉玮突然说，啊，忘了拍照，只顾欣赏美景了。我说，光线有点暗了。玉玮说，天色朦胧点怕什么，看不清人正好，才看不到皱纹呢。于是我们女同学就不停地拍剪影。张琳又吆喝了："男同学们也都快来快来，摆个造型，夫妻俩的一定要摆出个爱心形状。"永乐夫妇俩还有点不好意思，张琳直接上前："你们俩靠近点，心形，心形！"

天色完全暗下来了，同学们才恋恋不舍离开，雪峰说，我明天要起个大早，再来湖边看晨景。

我们在前往饭店的路上，志峰同学惊呼：看那东北方，大月亮！我们望向东北方，果然是一轮金黄色的大月亮，好像刚出炉的面包，散发着暖暖的香气。正夫同学说，好久没有看到这么大的月亮，是不是欢迎我们的？我大笑着说："那是一定的！"玉玮家先生感叹道："唉，你们宿迁怎么连月亮也这么热情好客呢。"我和爱人相视大笑。

快 7 点的时候，李健康夫妇、蔡莱莉夫妇也赶到了。

吃饭的时候，同学们笑谈的都是大学时候的趣事，我们似乎又回到了大学时光。第一次诗歌朗诵会，第一次舞会，第一次八姐妹合唱《莫斯科郊外的晚上》。那次集体小合唱，五音不全的我跟着姐妹们小声地唱着，从此《莫斯科郊外的晚上》的优美旋律常常在我心头响起。

晚饭结束后，李志峰和胡正夫两位同学提议步行回宾馆，他们说难得有这么多同学一起漫步在这宁静祥和的夜晚。是啊，一切都那么美好：皎洁的清辉，静谧的大地，一群怀抱青春理想的人。我被感动着，也幸福着。

第二天早上 8 点，我和爱人陪同学们前往三台山国家森林公园。我们是从东门进去的，一进大门，一望无际五彩斑斓的花海呈现在我们面前。同学们真的是惊呆了：这么大的景区呀，这么多的鲜花呀！他们像蜜蜂一样飞向花海，转眼间已经找不到他们的去向。我们和莱莉夫妇俩前往衲田村南面的花海，我们顺着花径向前走，不知不觉来到了紫薇园。紫薇园是新开辟的，园中的紫薇形态奇异，每一棵身上都挂着一个紫色的小牌子，上面有数字，也许是它们的身份证吧。几乎每一棵紫薇根部都很苍老，似乎至少有上百年，上面的枝条却很幼小。我们四个人特别好奇这些苍老的紫薇是从哪里来的，园林工人又是怎么找到它们的。紫薇园中有一处铺着很多的石磨盘。莱莉说，看到石磨盘，就不由想起小时候推磨，想起扶着磨棍迷迷糊糊地走。莱莉在讲述的时候，那么开心，曾经辛苦的劳动，今天回想起来却是那么美好可爱。

这个时候，我们“相聚美丽宿迁”群发来很多照片：或立于花海，或骑着单车，或坐在湖边草坪，或小桥流水人家，或碧水楼榭。收获最大的可要数雪峰了，手里居然拿着两个黄亮亮的柿子。所有的照片上，天空是那样的湛蓝，阳光是那样的明媚，笑容是那样的甜美。

徜徉花海忘却了时间，张琳又在群里呼叫了：十一点大家到东门集合。于是，我们恋恋告别花海。我们在东门外合影留念，袭着一身花香，在温暖的阳光下，留下这温馨快乐的时光。

中午，我们到项王故里景区附近的“项家庄”吃饭。没有想到，这家饭店的豆腐、豆浆，宿迁特色的车轮饼，让同学们赞不绝口。健康同学是南通人，说起家乡菜，他最爱吃海鲜，每次回家一定吃，吃到撑得难受才过瘾。胡正夫最可爱了，他居然孩子气地说，我不能讲话了，讲话就来不及品尝这么多美味了，特别是这豆腐，是我最爱，特别有家的味道。志峰同学说，没想到宿迁有这么多美食。看着同学们吃得这么开心，我很自豪！

我们到了项王故里，请位美女导游给我们讲解。玉玮问我：“刚刚导游讲什么了？我只顾看美女了，她长得真好看呢。”没想到20多年后，玉玮还是这么花痴，爱美是不会随着岁月改变的。在导游讲解的时候，来自沛县的志峰同学几次欲言又止，我笑着对他说，下次到沛县，你再慢慢和我们说说。项王和汉王的故事要说的太多了。他笑着说，无论怎样，项王的英雄气概我还是特别敬仰的！

欢聚的时光总是匆匆，同学们要回到各自的城市、各自的家乡了。这两天，我们仿佛回到了大学时代，依然如一群少年书生，率真纯粹，简单阳光。

亲爱的同学们，宿迁的美景美酒美食随时欢迎你们这群可爱的人来欣赏品尝！我期待着同学们再次相聚酒都宿迁：天空，还是这么湛蓝高远；湖水，还是这么清澈碧绿；太阳，还是这么明媚灿烂；我们的笑声，还是这么纯净爽朗！

2017 年 11 月 7 日

小女飞扬

飞扬是我 2015 级学生，高一时是我的课代表，非常尽职尽责。如果课间从容一点，她就和我挤坐在一起闲聊，对面的同事开玩笑说，你们亲昵得就像母女俩，飞扬，你还不如就做安老师的女儿。飞扬高兴地跳了起来，拍着双手说，好呀好呀，我就做安老师的小女儿。

飞扬单纯开朗，说话时总是带着笑。如果哪一天低着头没精打采的，我就知道她情绪低落了，估计是考试不太理想，这个时候，只要我轻轻问一声，她就会委屈地抱着我哭一会儿，然后笑着说，老师，我好了！于是笑嘻嘻乐哈哈跑去上课了。

飞扬读高二高三时候，我不再带她班了。但飞扬在课间还会时常跑来找我，有时课间操结束了，因为看到一片好看的树叶就跑来送给我。只要我的办公桌上有粒糖，有块饼干，有片三叶草，我就知道是飞扬来过了，对面同事常常开玩笑说，你小女儿又送爱心饼干来了。

飞扬高考不太理想，后来决定到澳大利亚读大学。当她告诉我这个决定的时候，我真的没有想到。因为她一直在父母身边长大，备受呵护，从没有离开过。我没有想到她一下子要飞得这么远。飞扬看我有点不放心，就说："老师，我 18 岁啦，可以开始独立生活。老师，您要相信我！"

老师相信你！也祝福你！

飞扬，这次真的是展翅高飞了。

大概一个学期之后，飞扬才给我发来信息。她说，现在已经适应澳大利亚的学习生活，在国内打下的坚实学习基础，让她学习起来游刃有余，在课堂上也勇于表现自己。

我问她，你想家吗？她说，不想家是假的，特别是刚到澳大利亚的时候，每天都想爸爸妈妈，想老师同学，有一个月时间，几乎天天晚上都要和爸爸妈妈视频。后来结识了很多同学，适应了这里的学习节奏，适应了这里的生活环境，才不那么想家。她还说，现在已经学会了做饭，她做的西红柿炒鸡蛋和糖醋排骨，邀请了外国同学品尝，他们都赞不绝口呢，说终于吃到了地道的中国菜，他们都喜欢我们中国美食。

飞扬说，当她走出了国门，才更深切地体会到，背后有个强大的祖国是多么自豪，说起话来是多么理直气壮。她要做的就是努力学习，尽快完成学业回到祖国，把所学到的知识转化成本领，努力工作，把青春和才华献给自己的祖国。

当飞扬从大洋彼岸，在异国他乡对我说这些话时，我非常感动；作为她的老师，也特别欣慰，我们当初在孩子们心灵上播下的爱国种子，在飞扬他们身上已经生根发芽。飞扬在大学期间未能回家，这更坚定了飞扬爱国热情，更激发了她学习毅力。她说，我就好好利用假期，努力学习，一鼓作气完成学业，到那时候，我将无愧于父母和老师们的教诲。我知道，小女飞扬已经长大了！

还有一年，我的小女飞扬就要完成学业回到祖国的怀抱了！我相信羽翼已丰的飞扬，将在祖国辽阔的天空中，自由地飞翔！

2021 年 10 月 20 日

小医生们的“夜班之神”

今天是 2018 年 8 月 19 日，医生们迎来了他们的第一个“中国医师节”！值此节日之际，心里特别想表达一下对医务工作者们的敬意，可又不知道从何说起，不由想起女儿刚工作时，常和我说起的那个可敬可爱的“夜班之神”。

2016 年 7 月，女儿走上工作岗位，对她来说每一天工作都是全新的，特别是一个人值夜班时，更是高度紧张。有次上夜班前，女儿和我聊天，她说，她的学长们告诉她，苹果是他们这些刚刚工作的小医生们的“夜班之神”。然后，给我看了一下他们“夜班之神”照片。我一看照片就乐了，原来“夜班之神”是由七个苹果组合而成的，年轻医生们的想象力真丰富真奇妙啊！

女儿说，这七个苹果，象征着一周七天平平安安；头上戴着的酸奶瓶盖，寓意夜里患者病情能盖住不发作；夜班之神两眼紧闭象征不见病邪，胡须则借关二爷之正气镇压住患者病魔，夺回健康！“夜班之神”由红苹果组成，越红越好，象征红红火火满满当当的正气！

苹果背后有“夜中能平，梦里能安”八个字，我大笑，说这位医学生字真丑。女儿解释：其实这是有意为之，因为这不仅仅是字，也是符号，为的是沟通天地灵气，是给一些病魔看的，所以不能写太好看。

听完女儿对“夜班之神”的讲解，我心情不再轻松，而是生出沉甸甸的敬意和尊重。不由喜爱上这位“夜班之神”的发明者，这位年轻医生多么幽默智慧，他积极乐观，内心有着美好的祈愿，还有那不为人知的勇敢。

从那以后，女儿每次上夜班，我总记着让她带个苹果。

可是有一次，“夜班之神”也无能为力了。

那天下午，女儿又轮到夜班，是她转科到呼吸科的第一个夜班，特别紧张。

我说：“带个苹果吧。”

“没有时间吃，不带了。”

“你不是说苹果是夜班之神吗？”

“呼吸科患者太多，夜班之神没有效力了。”

晚上 8 点，女儿发来一条信息：我要忙疯了，呼吸科 10 个病重病危的，一堆打呼吸机的。

我赶紧发个表情包，送去鲜花和拥抱，只能以此鼓励。

夜里醒来，我看了一下时间，深夜 3 点半。看到女儿发了一个表情包给我：好困！时间是夜里 2 点。我看了一眼，默默地祈祷：夜班之神发挥威力吧，让女儿休息一会儿，哪怕只有两个小时！

那天女儿本应上午 9 点多就能下夜班的，结果她一直忙到下午 2 点才回，饭菜热了一遍又一遍。

吃饭的时候，女儿告诉我，夜里基本没有睡觉，护士一会一个电话，主要是患者病情都比较严重。一些患者家属又不停来咨询，有的问：医生，听说中药也可以，你看网上说的这个能不能用；有的问：医生，你看都挂水两天了，怎么效果不明显呢，他们老是问一些让人没法回答的问题。我只能宽慰女儿：患者家属们咨询的这些问题的确很难回答，你就尽可能耐心一点，理解他们的心情吧。

家里有个医生，才知道医生有多么的辛苦。每次看着女儿下班回来小脸憔悴不堪，还是不由自主地心疼。

有个同事说，他家楼上有个女孩子也是医生，刚上班时，青春靓丽，几个夜班之后，憔悴了很多。最后，他感叹道，女孩子做医生太不容易了！

是的，做医生不容易，做个刚入行的小医生更不容易。

都说医者仁心！也许这“仁心”，才是所有医务工作者真正的“夜班之神”！自从他们步入神圣医学学府的时候，自从他们庄严宣誓的时候，他们就肩负着“健康所系、性命相托”的重责。

今天，医护工作者迎来了他们的第一个“中国医师节”，这是一个崭新的节日，也是一个充满着仁爱、闪耀着圣洁之光的节日！

我希望，中国的医生们，会因为有了这个节日而得到人们更多的理解和尊重。一份职业，只有得到全社会充分地理解和尊重，才能激发从业者的热爱和自重，也才能让从业者心存敬畏和崇高。

古人云：人处疾则贵医。只要生命还可珍贵，医生这个职业就永远备受崇敬和尊重！

（值此“中国医师节”，谨以此文献给所有在医疗战线上工作的白衣战士们！祝你们节日快乐！）

2018 年 8 月 19 日

写给 2020 级同学的导游词

亲爱的同学们：

欢迎你们来到江苏省宿迁中学，开始为期 3 年的人生之旅。新来乍到一个新的地方，陌生感会束缚你的手脚，让你不能自在自得。为了让大家尽快熟悉我们的校园，今天，你们的语文老师就客串一次导游，带着你们游览一下我们美丽的校园。

我们宿迁中学始创于 1927 年，校长是周宣德先生，学校起初名为“第四中山大学区立宿迁中学”，后又相继更名为“江苏省立宿迁中学”“江苏省后方联合学校”“苏北宿迁中学”等。1953 年，定名为“江苏省宿迁中学”，1980 年被省政府确立为“首批办好的省重点中学”，现为江苏省四星级普通高中。

我们首先来到学校的南大门门口，高大威武的大门气势磅礴，凌空欲飞。进门横着一块大型石碑，上刻“志存高远 · 追求卓越”，这是我们学校精神，也是同学们要培养的精神。

我们正前方是庄重典雅的明德楼。“明德”出自《大学》“大学之道，在明明德。”儒家认为人生来便具有善良光明的德性，这就是“明德”，但容易受到后天物质的蒙蔽压抑，如果加以适当的教育，就能使“明德”

显露出来。我们接受学校教育，就是要把我们善良光明的天性充分显露出来。

明德楼是一座综合性大楼，内有实验室、生物标本室、信息技术教室、“心起航”成长中心等；你们最爱的图书馆就在这座大楼的东部。

目光收回到明德楼前的花园，这个花园叫明德园。明德园集自然和文化于一身。大家看，园中郁郁葱葱，桂花已经含苞。你们一定认识园中这些司南、日晷等天文模型。

司南，古代用于辨别方向的一种仪器，据《古矿录》记载最早出现于战国时期的磁山一带。生活中，我们多用它的比喻意义，比喻行事的准则或正确的指导。

这是赤道式日晷。赤道式日晷是古代的一种计时仪器，相当于今天的钟表。随着太阳位置的变化，晷针影子在盘上移动，我们平时所说的“一寸光阴”，就是指晷针影子在盘上移动一寸所用的时间，“一寸光阴一寸金”的成语就是由此而来。大家可以看一下，现在日影在哪个刻度，是不是正好和我们的时间吻合。

同学们，当我们漫步园中，看到我们先贤这些发明创造的时候，是不是有一种自豪感？在自豪的同时，是不是也产生沉甸甸的责任感和使命感？

同学们，现在我们已经站在了泮池旁。这个半月形的水池叫“泮池”，它是古代官学的标志。依照古礼，天子太学中央有一座学宫，称为“辟雍”，四周环水，而诸侯之学只能南面泮水，故称“泮宫”。又因孔子曾受封为文宣王，所以建“泮池”为其规制。《诗经·泮水》篇有“思乐泮水，薄采其芹”，意思是说，古代的士子在太学，可摘采泮池中的水芹，插在帽檐上，来展示文才。有的孔庙在池畔砖壁中央嵌着“思乐泮水”的石刻，便是出自这个典故。

现在，我们来到了明德楼前，耸立在明德楼东侧的这座孔子行教像，是你们刚刚毕业的2020届学长们敬献母校的。好，下面我们一起向至圣先师孔子行祭拜礼。

同学们，穿过明德楼，就是我们的两排教学楼——博文楼和敏行楼。“博文”取自《论语·子罕》“博我以文，约我以礼。”“敏行”取自《论语·里仁》中的“君子欲讷于言而敏于行”。这两栋教学楼是我们师生共同学习的主阵地，宽敞明亮的教室会记住你们努力拼搏的身影。

博文楼东半部是新疆部，这些同学来自美丽的新疆，他们能歌善舞，给我们带来多彩多姿的边疆风情。

穿过博文楼，我们就到了敏行楼，穿过敏行楼，展现在我们眼前的这片开阔的场地是你们的课间活动场地，可以在这里做课间操，还可以在这里打打羽毛球、跳跳绳。

现在，展现在我们眼前的这条路，叫马陵山路，从北门进校的同学，应该特别熟悉这条路，这条路通向我们学校北大门。

马陵山路东侧是我们的餐厅，干净卫生，菜肴品种丰富。

现在我们来到马陵山路西侧的“民族园”。同学们，你们看到我们首任校长周宣德先生塑像了吧？你们是否从周先生深邃而温和的目光中感受到了什么？我经常看到你们很多学长来这里读书，我想他们一定读懂了周先生的目光。

你们也有很多学长喜欢这片青翠茂密的竹林。大家熟悉苏东坡那句“宁可食无肉，不可居无竹。无肉令人瘦，无竹令人俗”。如果哪天自己感觉有点俗了，不妨来这里和竹林谈谈心。好，我们沿着小路继续向前，大家看这里有一排长廊，在暑假前，我来到这里，看见长廊上面挂满了葡萄，粒粒晶莹剔透的葡萄在阳光下闪着诱人的光泽，我还给葡萄们拍了好多照片。

现在我们从民族园向西向南走，来到华山路。一说“华山”，同学们是不是立刻想到“华山论剑”？金庸先生的武侠小说《射雕英雄传》中，五大高手在华山顶上斗了七天七夜，最后王重阳获胜。老师也可以这样说，自从你们接到宿迁中学录取通知书，你们也就开始了公开比试，时间是 3 年，3 年后，你们将进行一场全国大比拼，看看谁的剑锋厉害。

好，现在，同学们看一下，华山路西侧的这座京东艺术楼，大家看名字就知道和你们学长刘强东有关啦，这座漂亮的艺术楼就是你们学长刘强东捐建的。

你们一定望到了宽敞漂亮的篮球场和田径场。看到这样宽敞平坦的运动场，你们是不是有雀跃奔跑的冲动？同学们，我想请你们用心践行田径场上“野蛮其体魄，文明其精神”8 个大字的内涵。

现在，我们继续沿着华山路往南走，然后沿着明德楼前的大道向东步行大约 200 米，就到了泰山路。听，我们已经有同学吟咏了杜甫的“会当凌绝顶，一览众山小”。你们感到疲倦的时候，不妨来这条路上走一走，享受攀登知识高峰后“一览众山小”的快意。

大家看，这条泰山路东面是一个比较狭长的花园，这个花园四季优美。你们看，现在这里的银杏叶将慢慢变得金黄；这里的桂花即将绽放。冬天，这里的蜡梅花香气四溢，特别是一场雪后，树木上挂满着各式各样的水晶装饰物，还会发出清脆的响声，还会有小小的装饰物落在你们的头上。也许，你们还会堆雪人、打雪仗。

明年春天，你们将会看到这里的玉兰花、紫藤花竞相开放。

亲爱的同学们，今天，老师带着你们走马观花式地游览了校园，我们校园的美好和它深厚的文化底蕴还需要你们去用心观察，去慢慢体味。3 年后，母校将以你们为荣！

2020 年 9 月 1 日

雪落有声

一

这是 2019 的年第二场雪。雪花是从下午飘起来的，我和同事们下班的时候，都不愿意打伞，走在茫茫的飞雪中，似乎特别享受。

晚上，女儿发给我一组照片，她说，妈妈，你看，这是我们家的一群小鸭子，它们可都是从天上飞下来的哟！

我惊喜地看着女儿用雪捏制的一只只“小鸭子”，那么洁白光滑，呆萌可爱，它们排成一行，好像随时准备下河游泳，我仿佛听见故乡春天的池塘里鸭子们的欢叫声。

当然对女儿们来说，这是冬天送来的最美的礼物。

看着这群洁白可爱的小鸭子，我祝愿已经步入社会的她们，永远拥有一颗纯净的童心！我相信，无邪的童心如纯净的阳光，一定能照亮世界的美好！

二

晚上 10 点左右，在朋友圈看到听蝉居主人发了一组“风雪夜归人”的照片：大雪纷飞中，两个旅人背着包，踏着满地的积雪，走进听蝉居客栈篱门，那门前的大红灯笼，是寒夜里最温暖的希望。主人家的大白狗，安静地卧在院门外，目光遥远，不知被眼前金色的蜡梅花吸引，还是在等待主人。不过，看着大白肥胖胖的样子，突然感觉它曾在唐代张打油《咏雪》中奔跑过，“江上一笼统，井上黑窟窿。黄狗身上白，白狗身上肿。”这几句所用都是俚语，颇为诙谐。张打油一定没想到，他会因为这几句诗一鸣惊人，开创了一个崭新的打油诗体，名垂千古。

今晚，我朋友的听蝉居“柴门”敞开着，大白犬在门前又吠了。

雪花，依然纷纷扬扬地飘着，大红灯笼温暖而明亮。寒夜中的旅人，也许需要的就是这样一缕温暖的灯光吧。

三

昨夜的雪，给了今天一个粉雕玉琢的世界。上学路上，坐在温暖的公交车里，望着路两旁的玉树琼枝，心里一片宁静。

到了学校，特意到校园东面的小公园拜访那几株梅花。今晨，朵朵梅花都戴着毛茸茸的雪帽子，帽子大大的，几乎把金色的脸儿盖住。

上课时，我问孩子们：“课间怎么不下楼玩雪呀？”

一个平时特别爱说话的孩子说：“老师，你没看见我们正忙着写作业嘛。”更多的孩子用纳闷的眼神望着我，似乎是说，老师，你看看我们后面黑板上期末考试倒计时。我笑笑，然后问他们：“我们学校图书馆东面小公园里梅花开了，你们想看看吗？”

他们大声地喊着：“老师，我们不知道在哪里，找不到！”

我对孩子们说，如果我们对美好的自然没有一点觉察力，甚至连身边的美景都熟视无睹，那么我们无论做了多少道题目，都不可能提升综合素养，因为我们缺少对美的发现，缺少对生活的热爱。只有热爱，才能发现生活的美好，才能有丰富的心灵世界，也才能对这个世界报以温和的微笑。

看着孩子们渐渐严肃的表情，我说："这节课我就带你们踏雪寻梅去。"他们一下子欢呼起来。

带着孩子们来到了校园东面的小公园，当孩子们看到灌木丛上一朵朵像棉花团一样的积雪，兴奋得眼睛放光，忍不住把雪团一朵朵摘下来，捧在手心里。有几个女孩子和我一起赏梅花，她们仔细地端详，使劲地嗅嗅，一脸陶醉的样子，她们青春如花的笑脸，像明亮的春光，又让我很陶醉。孩子们开始打雪仗了，有个男生把树上的积雪摇晃下来，惹得在树下堆雪人的同学大喊大叫。

看着我的学生们和雪花嬉戏的身影，听着他们的欢声笑语，我想，他们的学习除了读书声，还要有风声雨声和雪落的声音。我希望他们的快乐，不仅仅是来自解决一道道难题，还来自一朵花一片云。

晶莹洁白的雪地上，留下一串串年轻的有些凌乱的脚印。我相信，有一天，当他们离开校园，一定不会忘记留在母校里那些成长的足迹。

2019 年 1 月 10 日

珍贵的礼物

收拾办公桌，抽屉里的那些小卡片小树叶们散落了出来，我赶紧把它们一一整理好，小心地放进一个文件袋里，它们，可都是我最珍贵的礼物。

老师的最大幸福，也许就在这一张张小小的卡片中，一片片或碧绿或金黄的叶子上，一条条简短的信息里。盘点一下 30 余年来收到的学生们的礼物，可谓五光十色：卡片、树叶、花瓣、贝壳、千纸鹤、纸扇、手织围巾……我的学生们总是会给我意想不到的惊喜。无论哪一个，都让我感动，都是对我最高的鼓励！

由于职业的特点，老师收到的贺卡最多，特别是在没有信息网络的年代。如果把这些大大小小的贺卡堆放在一起，真的五彩缤纷，精美纷呈。我特别享受一个人静静地聆听孩子们写在卡片上的纯洁可爱的心声，不妨悄悄地告诉你两个，一个女孩这样写道："老师，您最温柔啦！每次考试前，您都会拍拍我，您好像有魔力一般哟，一下子就把能量传递给了我，让我精神振奋，全力以赴。老师，我想对您说，我不会辜负您的期望的！"说实话，我从来没有想到，这轻轻的一拍，竟能产生神奇的"魔力"。一个男孩说："老师，您给予了我们最大的包容和爱。听您的课，如沐春风，您平易和蔼，您在传授知识的同时，还和我们分享生活中寻常的美好和小小的烦恼。老师，您的眼里有星辰大海，多年后，我要成为像您一样的老师！”当这个帅气的男孩接到师范大学录取通知书，兴奋地告诉我：“老师，我梦想的第一阶段已经实现啦！”

这份快乐还是一个人静静地享有为好，所以就不再一一抄录展示了，请见谅。

说说千纸鹤吧。那是2010年3月，我因结核性胸膜炎住院，医生说可能是因为压力太大劳累过度免疫力下降引起的。说实话，做老师的生病了，最放不下的就是学生，学生也一样。我班孩子们得知我生病住院了，纷纷折了千纸鹤，满满的一盒，请班主任转交给我。我读着每只千纸鹤上的留言，心里暖暖的，完全忘记了病痛。有的孩子说：“老师，我找病魔谈话了，恳请它让您早日康复！您很快就能回来和我们在一起啦！”有的孩子说：“老师，您快点好吧，我把我最爱的蛋糕留给您！”有的孩子说：“老师，我知道您病中一定牵挂着我们，想念着我们。当您想念我们的时候，您就看看窗外吧，那天空中洁白的云朵是我们的祝福，那和暖的春风是我们的问候！”

不能再写下去了，我要落泪了。

再说说那条手织围巾吧，今天的孩子们会织围巾的很少了。我有一条乳白色的手织围巾，开司米线的，我一直珍藏着。那是2003届一位女孩，在大一寒假里送给我的。她羞涩地对我说：“老师，我第一次织围巾，不大好看，又由于开始买的线不够，又买了一次，所以颜色上还有点不同。”我捧着围巾，心里有一股热流在奔涌：孩子，你可知道，这是老师最珍贵的礼物啊，这样的洁白，这样的温暖！

最有趣的是去年寒假，我的一位在重庆大学读书的学生，千里迢迢，背回两袋重庆火锅底料。他说：“老师，您一定要好好品尝一下哟，这可是我好不容易通过飞机安检背回来的！”望着这两袋红彤彤的火锅底料，一股热辣辣的芳香氤氲着我的双眼：亲爱的孩子，这是世界上最好的火锅底料啊！

还有那一片片四叶草，只因在和孩子们分享我的随笔《三叶草》的时候，说到四叶草最难寻到，四叶草代表着幸福。不曾料想，在上第二节课时，我的讲桌上排满着碧绿的四叶草，我的课本里还悄悄地放着一片。望着孩子们含笑闪亮的眼睛，我心里只有感动和幸福，现在，尽管它们已经干枯，但在我的心里，它们永远碧绿，带着朝露的清新朝阳的明亮，还有那些花瓣，芳香永存。

还有那悄悄放着的一粒糖果、一枚发卡、一本诗集、一盒感冒药……

它们都是我最珍贵的礼物，它们照亮着我30余年的教书生涯，它们见证了一份职业的平凡和美好，见证了一份情感的质朴和热烈，它们的主人是我一生的自豪和骄傲！无论再让我选择多少次，我依然毫不犹豫选择做一名教师！

2021年9月3日

换锁记

父亲说胳膊不舒服，母亲说膝盖酸疼，小妹开车和我一起带着他们去医院做检查。

拍片报告要在两个小时后才能取，看看已经10点多了，父亲想先回。于是，我陪父亲先回，小妹陪母亲等诊断报告。

到了小区门口，我随口问了句："爸，钥匙带了吗？"父亲赶紧摸摸脖子——钥匙平时是挂在脖子上的，没有！又赶紧掏口袋，左边，没有；右边，没有。

父亲是急性子，他不停地说："这可怎么好？怎么过了80岁就不一样了呢，我现在怎么这样容易忘事了呢，我钥匙天天都装在身上的。"

我说，爸，别急，我来打电话问一下，也许妈妈带钥匙了。

结果母亲也没有带钥匙。原来早上小妹去接他们时，他们急匆匆换了衣服，出门时两个人都忘了带钥匙。

我又问父亲，有没有放一把钥匙在弟弟家。

父亲说没有。想想是的，爸妈似乎从没有想过要放一把钥匙在儿女们家，倒是我们兄弟姐妹几家的钥匙都放一把在他们那里，母亲还把我们几家的钥匙分别做了记号。也许在我们潜意识里，从来没有想过，我们的父母有一天也会年老忘事，也会忘记带钥匙！

父亲说，那我们现在怎么办呢？我建议先到我家，父亲不愿意，说还是先把门打开再说。

父亲一辈子特别自信，家里大小事情似乎都是父亲说了算，就是现在，还时常对我们姐弟几人教育一番：工作要认真，待人要真诚，党员要带头……

这一次，我看到了父亲的无助，因年迈而无助。

我安慰父亲，忘记带钥匙太正常了，我们也常忘记，所以我们才都放一把钥匙在你家里的。现在有开锁公司，要不干脆换成智能锁吧。

这次父亲同意换智能锁了。我们以前也建议过，但是父亲总是说，这个锁还好好的，换了多可惜。

父亲说大润发旁边的五星电器就有卖智能锁的。父亲又突然说，我们都没带钱呢！我笑着说，爸，我有手机呢，手机可以付钱。

父亲选中一款智能锁，工作人员联系了正在外面忙着的装锁工人，可能是看老父亲年纪大了，他让装锁工人忙好之后，赶紧到我父亲家先把门锁打开。他对父亲说："您老人家马上就可以进家了，下午再去给您安装智能锁。"父亲不忘夸赞工作人员热情周到。

下午，安装好智能锁，最后按照装锁工人指导开始录入信息。我第一个想到就是录入指纹，指纹最便捷。可是父亲录取几次都没有成功，再录取母亲的，结果也没有成功。装锁工人说，老人家年龄大，没有指纹了，所以输入不进去。我很吃惊：我的父母竟没有指纹了？我赶紧细看父亲和母亲的大拇指食指和中指，他们手指肚真光滑呀，竟光滑得看不到一丝纹理！这些纹理呢，它们哪里去了？我望着父亲母亲脸上的皱纹，慨叹岁月在不知不觉中进行了如此大挪移！

指纹录入失败，父亲和母亲有点小小的失落，我赶紧告诉他们，还可以设置密码呢。

他们几乎同时说：“要设置简单好记的呀。”

这个时候，装锁工人说，还可以把电梯卡输进去，这样刷电梯卡就可以开门了。

我又赶紧告诉他们，还可以输入电梯卡呢，这个更方便，当然前提是电梯卡一定不能忘记带哦。

智能锁终于设置好了，父亲母亲认认真真、小心翼翼地试了几次密码，又刷几次电梯卡，当他们确定自己会使用时，我似乎听到他们轻轻地舒了一口气。

我说，爸，以后我们回来，就不用敲门啦。

因为我知道，只要敲门，他们就会急急忙忙开门，看他们走路颤巍巍的样子，实在有点不放心。

我在群里告诉弟弟妹妹们爸妈家换成了智能锁。

晚饭后，弟弟妹妹们去看望父母，他们是用密码开门的，父亲很惊奇，还以为门没有锁上呢。妹妹留了一把备用钥匙在自己家里。

晚上，最小的弟弟在群里感慨：“老了真可怕呀！有没有抗衰老的药呢？要不要给老爸老妈买些？”

我心里暗笑弟弟，到底还年轻，哪里有什么抗衰老的药呢，更没有长生不老药。

我们似乎不约而同地说：“你天天送给爸妈看看就能抗衰老！”

他发了个笑脸：“好，我天天去！”

2021 年 10 月 4 日

扫码成功

今天坐公交车，我刚刷过公交卡，紧随身后的，是连续几声“扫码成功”，那声音特别响亮，在公交车上，我这是第一次听到。

我有些好奇，不由转身望望，原来坐公交也可以手机扫码了。接下来的站点，不时地响起“扫码成功”“扫码成功”！那一声声响亮的“扫码成功”，似乎在问我：这是个扫码时代，你准备好了吗？

我一边惊异，一边暗自想：幸亏听从了两个女儿的意见，学会了使用智能手机。3 年前，我还固执地认为手机能接打电话，能发短信就足够了，坚持不换成智能的。她们说，妈妈，智能手机可以上网，你可以随时查找东西，特别方便。我说办公室有电脑，家里有电脑，哪里还需要手机上网。她们很无奈，最后一致批评我观念落后保守，不愿意接受新事物，归根结底是怕学新知识。

一天，大女儿对我说：“妈妈，要不这样，这是我换下来的智能手机，你试试看，好用呢，你就继续用，不好用呢，你再换回来。”

于是，大女儿这款手机成了我的第一部智能手机，虽然功能很多，但对我来说，也还只是用来打打电话，发发信息，在办公室里可以连个网，其他功能依然没有启动。大女儿建议我包个流量，到了没有网络的地方，也能上网。我还是那句话：用不着呢，在外面哪里需要上网。

几个星期前，和大女儿一起逛街，路过楚街荷花池旁，看到那个老人在卖烤红薯，每次路过，我都很难拒绝烤红薯的香气，那是一种特别温暖和亲切的香气，是记忆里浸润在灵魂里的香气。我毫不犹豫拿了两个，准备付钱，一掏口袋，竟然没带现金。我正有点尴尬，老人赶紧拿过来一张硬纸片，纸片上竟印着二维码。

老人说：“可以扫码。”

可是我手机不能扫码呀！女儿赶紧说：“我来。”原来使用手机付钱更省事。

女儿笑着说：“妈妈，你落伍了吧，卖红薯老人都会扫二维码了。现在很多人出门，只带个手机，需要买什么，扫个二维码就可以了，简单便捷！”

我还真没想到，几个月不见，连卖红薯老人都会使用二维码了！老人说这个二维码是儿子帮着他弄的，这样能跟上时代。这一次还是受了点小刺激的，毫无疑问，我已经生活在扫码时代，可我还一直固守着原来的消费方式，显然落后了。到家之后，赶紧让女儿给我的手机开通网络，买上流量，教我使用微信，给我微信里存些钱，以后，我出门在外，也能减少许多尴尬了。

现在，我已经学会扫码，出门吃早点买个菜基本上都扫码，不仅省事，还卫生！

但是我一时还是难以相信，只要有个手机就可以足不出户办成很多事情，比如她们说的：在手机上购物，在手机上打车，在手机上安排住宿，哪怕你到世界各地……还有那么多她们说了好多遍我也听不懂的名词，还有那么多我也许不用的功能。

不知不觉中，一个全新的智能时代已经来临。在今天这样的一个扫码时代，我甚至连刚刚启蒙都算不上，我知道自己远远落在了时代的后面，我似乎还是站在原地，遥望着云端，偶尔才能看到缥缈云气中的那一鳞半爪，就这，还需要年轻人的指点。

2018 年 8 月 26 日

着装

和两个女儿一起逛街，看着商场里琳琅满目色彩缤纷的服装，常常是惊喜和惊叹。美，总是让人愉悦的。看到漂亮的服装，忍不住让女儿们试穿，我来欣赏。

我常常对两个女儿说：你们赶上了好时代，你们就尽情地享受着青春的靓丽吧。

她们也总是想让我服装多样化一些，可是我老是说，这件颜色太亮了吧？这件花色太艳了吧？

她们就说，妈妈，试试看呗，你不能老是黑色蓝色灰色吧？

也许，我需要和她们说一说我为什么对“灰、蓝、军绿”等颜色衣服的偏好吧。

这些“灰、蓝、军绿”服装色调，是我少女时代衣服的主体色彩，它们深深地影响着我对服装颜色的选择。

记得上小学第一天，母亲为我穿上的是一件浅蓝色的麻布上衣，对襟的，崭新的，似乎还散发着淡淡的印染的香气，是母亲自己裁剪缝制的。我特别珍惜这件麻布上衣，放学回家都舍不得穿，割草割猪菜穿的都是打着补丁的衣服。后来，实在因为太短，才给妹妹穿，这时候，几乎看不出来蓝色了。

母亲曾有件蓝卡其布做的外套，藏青色，在当时比较流行。于是，我也喜欢上了蓝卡其，喜欢藏青色。

到了初中，我喜欢上了军绿色。那是因为舅舅退伍回家，送了我一件军绿色上衣。于是，春秋冬三季我都会穿着它，冬天就穿在棉袄上面，尽管有点鼓鼓囊囊的。

高中时候流行军绿色，很多男同学都喜欢穿军绿色衣服，军绿色也成了我衣服的主打颜色。20 年同学聚会，他们还记得我那件军绿色大衣。他们说，早自习之前，常常看你穿着那件军绿色大衣，站在路灯下读书。那件军绿色大衣是父亲担心我住校太冷，买给我留夜里盖在被子上的。这件军绿色棉大衣陪伴我高中三年，在寒冷的冬天给了我温暖，也给了我刻苦读书的力量。

现在回想起来，我少年时代，也有一件很时髦的衣服，是父亲到南京出差买给我的。那是一件格子长袖衬衣，衣身修长，也许是它太时尚，也许是它带有遥远的陌生的城市气息，这件比较洋气的衣服引起同学们围观，让我很不自在。特别是我的姑姑婶婶们，她们说这件衣服让我显得更瘦更高了，不好看。的确，习惯了粗布衣服，习惯了宽松肥大的衣服，这件修身合体的衣服反倒让我束手束脚。尽管我心里认为它是美丽的洋气的，但是它在乡村却是那样的不被认可，我只好悄悄把它放进衣柜收起来，连同收起来的还有少年时候对美和时尚的勇敢的认同。

20 世纪 80 年代中期，一部电影《街上流行红裙子》特别受到青年女子的追捧，一时间，色彩鲜艳的裙子成为大街小巷女性追求时尚的标志。爱美，追逐美，是人的天性，我们宿舍八姐妹刚刚踏进大学校门，决定也去追求时尚一次，于是在薛大姐率领下，浩浩荡荡去逛街，去寻找漂亮的裙子。就是这次，在众姐妹的鼓动下，我买了一条格子大摆裙，这是我平生第一条裙子，它伴随我整个大学时光。

后来，忙于工作，忙于家务，我很少去关注服装的流行，更别说时尚了，当然最主要的是自己的着装理念，崇尚朴素自然。

如今，在女儿们的劝导下，我服装的颜色开始有了改变，开始注意服装的时尚感。在女儿们的鼓励下，我开始拥有了颜色亮丽风格多样的服装，也习惯了穿裙子，特别享受独立风中，裙裾轻扬的感觉。

看吧，迎面走来一群女子，个个华彩丽服，裙裾飘飘，神采飞扬，她们如此赏心悦目，这是一道多么亮丽的风景啊！

2019 年 7 月 31 日

十指愿沾阳春水

对面顶楼的女子又坐在露天阳台上洗衣服了。面前是大红色的塑料桶，她正用搓衣板一上一下地搓着衣服，现在已经很少有人还用搓衣板洗衣服了。有时候，男主人在旁边帮着晾衣服，衣服上抖落的水滴在阳光下亮晶晶的。整整一个夏天，当我站在阳台上晾衣服的时候，常常看到这样一幕生活场景。这一幕，又是寻常人家最寻常的一幕，几乎天天上演，温馨而又美好。

我记事起，家里就用搓衣板洗衣服，那时候是木制的，有块搓衣板用的时间太久，都磨平了。我最喜欢夏天坐在小河边洗衣服，我家西面有条小河，每年春天，河水从上游挟裹着杂草，浩浩荡荡而来。到了夏天，河水特别清澈，可以用来洗衣服、淘米、洗菜。

每年夏天有项必做的家务就是洗衣服，一大家子衣服，有时候还有大件——两条刚拆下来的被里被面。我坐在河边的柳树荫下，面前放着大木桶，木桶里浸泡着满满的衣服。先用肥皂一件件地搓洗，搓洗完再到河里一件件漂洗。最难的是第一遍搓洗，衣服上的那些青草汁红薯汁桑枣汁非常难洗，两手就是搓红了也很难洗干净，衣服上常常留些淡淡的污渍，那时候农村孩子衣服上的斑点特别多，尤其是白色的衣服最明显。至于到河里漂洗衣服，现在想起来还满眼荡漾着清凉，还感觉到小河里的小鱼咬着腿痒痒的。

有时候，最小的弟弟妹妹要来帮忙，他们哪里是帮忙，是来捣乱呢。他们喜欢的是木桶里洁白的肥皂泡泡，你看吧，一会儿他们就弄得满头满脸都是泡泡。为了不让他们帮倒忙，我专门调制一小瓶肥皂水或洗衣粉水，让他们在一旁吹泡泡玩。听着他们欢快的嬉笑声，我桶里的衣服也一件件亮堂了许多。洗完最后一件，再看看顽皮的弟弟，又是一身水一身泥，只好再把他身上衣服换下来继续洗。当我想严厉批评他的时候，那一声甜甜的“俺大姐”让我心甘情愿。

寒冷的冬天里，小河水浅，就到家南面的汪塘里冰面上砸出一处洞口来洗衣服。冰水刺骨，十指好像冻僵，当洗完衣服，双手通红，十指发热，全身暖和。

这样的洗衣方式一直持续到90年代初。曾经，就因为在寒冷的冬天里，我爱人也到池塘边在冰水里给两孩子洗衣服，被我奶奶和邻居夸赞了很久，特别是奶奶，感觉男人洗衣服是多么的了不得的事情。曾为这，我很不服气：女的也要工作，凭什么家务都还应该是女的呢，本来就应该共同承担嘛！可是奶奶认为洗衣服是女人做的事。在已经有了智能洗衣机的今天，如果还有人认为女子“就应该”洗衣服，我想，他的观念已远远落后于时代。

我有一位朋友，年轻漂亮，长发飘飘，喜欢穿着白色的棉麻长裙，热心公益活动。我心想，她在家一定很少做家务吧。有一次闲聊家常，她说她最喜欢的家务活是洗衣服，平时穿的衣服基本上都是手洗，被单之类大件才用洗衣机。她说，喜欢清凉的水漫过手面的感觉，喜欢肥皂淡淡的香气。有这样细腻感觉的女子，一定是会生活的女子。

我办公室有位男同事说，在妻子洗衣服的时候，他喜欢搬个小凳子坐在旁边。同事们都笑他秀恩爱，但是我觉得他太懂妻子了，有他这样陪着，妻子一定特别满足踏实。当然，如果是丈夫洗衣服，妻子陪坐身旁呢，不是一样温馨美好吗？

有句老话叫“十指不沾阳春水”，意思是说，阳春三月的时候，天气还很冷，水还很凉，可以不用自己洗衣服。在生活条件极为优越的今天，在洗衣机已经是家庭必备的今天，依然还有很多人像我家对面顶楼上的女子一样，十指愿沾阳春水，哪怕十指不再纤纤如玉，因为在爱的天空里，“我愿意”永远比“你应该”更温暖明亮，更芳香恒久！

2017 年 8 月 24 日

安抚者

女儿今天下夜班。她刚走上工作岗位，连续加班加点，让她有点焦虑，精神疲惫。尽管在毕业时候就做好了心理准备，但是真正走上工作岗位和校园时做好的心理准备，一定还是有很大落差的。

我想安抚她，但是我那一套过来人自以为是的说教，只会让她更沉默。

傍晚的时候，让她陪我一起到家后面的公园里走走。这一段时间，她下班回来老是喊累，除了补觉，还是补觉，哪里也不想去。

公园里很安静，夕阳给树木花草披上一层柔和的霞光，我们慢悠悠地走着。

路旁的垂柳，站在霞光中，不由让我想起徐志摩的那句诗："河畔的金柳，是夕阳中的新娘。"

女儿停下了脚步，原来是看见一只毛毛虫倒挂在柳条上随风轻摇。

一只鸟儿，头上的羽毛像凤冠一样，长长的尖尖的嘴不停地在绿油油的草地上啄一下，很悠闲。我们望着它的时候，它也歪着头望着我们。

女儿说："这只鸟儿真漂亮。"

然后给它拍照，百度它的名字，原来它叫戴胜，女儿说，不知道是谁给这么美丽的鸟儿起了这么个男性化的名字。

我说："刚刚看介绍，戴胜鸟寓意是祥和、美满、快乐，看见戴胜鸟预示着吉祥。"

女儿笑着说："你怎么看啥都要有寓意，是不是有点职业病。"

我笑笑。

那一片松树林苍绿蓊郁，远远地就可以闻到松香。松树林旁边的草丛上，一只兔子，一只蹦蹦跳跳的黄褐色的兔子东张张西瞧瞧。女儿轻轻竖起手指，对我嘘了一下，她悄悄靠近那只兔子，给它拍照。这张照片真美：苍翠的松树，绿色的草地，一只黄褐色的兔子竖着长长的耳朵，微抬着头，望向远方。

女儿一直喜欢小动物，小时候养过两只兔子，后来家里地方太小，实在没有办法养了，只好送到乡下。为此，女儿不开心好长一段时间，发誓长大后，买个大院子，养好多小动物。上个星期，在楼下看到一只流浪猫，姐妹俩竟带着小猫去宠物店打了疫苗，买了猫粮，还用纸盒子在车库门旁给小猫铺了个窝。

今天，这只兔子给了女儿一个大大的惊喜！这时候，又走过来两个人，兔子迅速地钻进松树林里了。

道旁的黄秋英开得正灿烂，金色的花朵，摇曳多姿。那草丛里开着的一串串紫色的小花，是麦冬花，那糯米条儿，洁白润泽，飘着淡淡的清香。女儿一一给它们拍照，我不由赞叹女儿的拍照技术。女儿说，是这些花儿太美了。

望着女儿年轻的笑脸，我明白了，真正的安抚者也许就是那一只鸟儿、一只兔子、一朵花、一棵草，甚至一条毛毛虫……

2017 年 9 月 20 日

轻言慢语

姑姑好几次邀请母亲到老家看看。这个周末，风和日丽，陪母亲回老家。

一下车，姑姑和大娘已经在门口等我们了。母亲一手拉着姑姑一手拉着大娘，亲热得不得了。母亲说话声音很轻，走路很慢。我不由说：“母亲到底年纪大了，说话慢，走路也慢。”

满头白发的姑姑说：“你妈一辈子就没大声言语过。”姑姑一辈子快言快语。家门旁的大娘接着说：“你妈一辈子走路又轻又慢，连只蚂蚁都踩不死。”

是啊，母亲一辈子都轻言慢语的。记得小时候姑姑婶婶来找母亲看鞋样，姑姑嘻嘻哈哈，婶婶嗓门洪亮，一到我家，满院子都是她们的说笑声，有时候母亲轻言轻语一句话，竟惹得姑姑笑得前仰后合，而母亲常常是微笑着。

下午，陪母亲到老村小附近走走，路旁的老柳树摇曳着碧绿的枝条，田野里的麦苗绿油油的，长势喜人。只是母亲的村小早已变了模样，这里已不再是小学校园，村子里的孩子们都到镇上中心小学读书了。

这时候，迎面走来一位中年男子，他不停地望向母亲，我正有点纳闷，他突然热切地说：“您是贺老师吧？我是您的学生！四年级时候您是我班主任。”母亲仔细打量着他，那人说出了他父亲的名字，母亲轻轻地说，你和你父亲很像，那时候你还是个孩子呢。

母亲的学生很激动，他说，老师，记得您给我们讲课，总是轻言慢语的，特别有耐心。那时候，我非常顽皮，下课后总有老师向您告状，有一次实在把您气急了，您抓着我手，高高举着一根小树枝，吓得我紧紧闭着眼，但小树枝只是轻轻地落在我手心。他还说，有次课间爬树，撕坏了裤子，是母亲悄悄地把他带到办公室，把撕坏的裤子缝好。他感谢母亲，在他最顽劣的年龄，给了他温柔和慈爱的教育。

他告诉母亲，这座小学已经废弃了，他在小学院墙北面承包了一个鱼塘，他就是来鱼塘转转看看的，还要逮几条鱼给母亲，母亲婉拒了。

记得奶奶在世的时候，常常在我和妹妹面前夸赞母亲，说母亲从来没有对她大声言语过，从来没有红过脸。母亲自从结婚，就一直和奶奶生活在一起。奶奶年轻时候纺棉花，累伤了双腿，到了晚年，行动不便，是母亲一直很耐心照顾着奶奶。每天给奶奶梳头洗脸洗脚，有时候奶奶觉得让母亲受累了，母亲总是轻言慢语地安慰奶奶。

我和妹妹私下里说，我们都没有遗传母亲的性格，我们也很难做到母亲这个样子。我们说话习惯高言大语，快言快语；我们走路习惯大步流星，风风火火，似乎只有这样，才能显示我们的忙碌和干练。我在母亲“轻言慢语”里发现，有时候，说话轻一点，别人听得更清楚；走路慢一点，自己会欣赏到更多的风景！

我常想，“轻言慢语”是母亲的性格，也是她对生活的一种态度。我从母亲“轻言慢语”中学到了对别人的理解与善意，学到了对生活的接纳和欣赏。母亲“轻言慢语”不只是她的性格，更多是她对生活温柔的善和爱。

2023 年 3 月 6 日

第三辑

遇见美好

“有朋”卓欣

第一次认识卓欣是在新华书店行风监督员座谈会上。那天，她着装时尚，青春靓丽，发言时更是落落大方，对当下实体书店存在的问题和困惑，直言陈述，率真爽朗，我不禁暗暗钦佩。

后来在刘家魁老师的诗歌朗诵会上再次见到她，一袭长裙，衣袂飘飘，声情并茂，把我们完全带进了诗的意境里。

也许是都喜欢文学的缘故吧，我俩竟有相见恨晚之感，在一起总有说不完的话。虽然我不是她老师，但她总是以“师礼”待我。

一次闲聊，她说起初中时迷上了金庸武侠小说，从此有了女侠梦，梦想着一书一剑行走江湖。她现在学会了太极剑和太极刀，虽属花拳绣腿，但也算是圆了少年时“书剑天涯”的梦想，难怪她平时和师长朋友们见面，总是像古代的豪杰侠客们见面那样抱拳自报家门，我之前还是有点奇怪的。

一天晚上，她特别兴奋地给我发来消息：“安老师，我今天抓了一个贼！”我大吃一惊，赶紧问怎么回事。原来是她正在装修的新家刚买的门锁被偷了。她发现后，就来到小区监控室调出监控，其中细节不便详述，甚至惊动了派出所。结果是，她和一名当过武警的物业保安人员通过无处不在的“天眼”，查到了“蟊贼”的逃跑路线，最终让门锁失而复得。为表谢意，她还特意做了一面锦旗，感谢物业公司保安的“认真负责，破案神速”，因为她也参与了“案情”分析和调查，所以能够顺利“破案”，这位“侠女”特别有成就感。这也符合她一贯的做事风格：但凡有一分希望，必要付出百分的努力。

和她在一起，常常被她的洒脱和豪气所感染，她说起话来口若悬河、引经据典，我想这样的女子该是十指不沾阳春水，不会到菜市场，不会进厨房的吧？有一次闲聊，我说起现在买菜都是扫码，不用带现金。她说，她在康堡菜场看到不少老人在卖自己种的菜，可是有好多老人没有二维码，即便有也是儿女的。有的老人说，钱到了儿女手机上，常常“忘记”还给他们。自那以后，她再去康堡菜场，总要带着现金。她说，对于这些老人，自己能做的也只有这些了。我眼里一向洒脱不羁的她原来也是人间烟火女子，内心竟是如此细腻和柔软！

这位有着悲悯情怀的“侠女”，还是个环保主义者。一次，几位文友小聚，有道菜特别辣，我们不停地使用餐巾纸，只有她使用手绢。我既惊讶又好奇，现在几乎没有人使用手绢了，特别是年轻人。她说：“我是环保主义者，手绢脏了可以洗，而餐巾纸是一次性消费；我也极少使用一次性筷子，因为每双一次性筷子都代表一片森林。”她说这些话时表情非常严肃认真，我们都被感动了，大家也开始尽量少用餐巾纸。也许有人说她太较真，可我喜欢她这种较真，欣赏她在生活中努力践行着环保理念。扪心自问，我们有多少人，一边高呼环保，一边却又暴殄天物。

去年冬天一个周末，天气寒冷，卓欣发来条信息，问我可否有空，说要带我去个“好地方”。我猜想，是三台山蜡梅开了呢，还是哪里又新开了一家书店。

我在小区门口刚站了一会儿，卓欣就开着她那辆橙色吉普到了，她曾开玩笑说，这辆吉普“自由侠”寓意“自由的女侠”，就是为她“量身定做”的。上车后，我问她要带我去哪里。她俏皮地回答：

“停云阁！”

“停云阁？书吧？茶社？”

“暂时保密！”

大概10分钟，我们到了一个小区，上楼开门，她夸张地做了个邀请手势说：“安老师，请，停云阁到了！”

我快速地向里面望了一眼，笑道：“原来是你新家呀！”

进屋后，我不禁好奇地问：“你把自己的家叫停云阁？”

“是的”，她指着入户玄关西墙上的一块匾额，笑道：“在这里呢！”

我因进门匆匆，竟没注意到，主要还是没有想到。我仔细打量一下，只见这块匾额非常小巧，正方形状，色泽典雅，布局精美，书法名家手书的“停云阁”三字，飘逸洒脱。我暗暗赞叹她的别出心裁。

她的客厅，没有电视，只有满满的一墙书。我还是有点惊叹了，在电视机已成为家庭必备的今天，她的客厅里居然没有电视，只有书！

我站在这面书墙前，感受着宁静的书香。看到一些我也有的书，总是情不自禁地说：“这一本我也有，那一本我也有。”每发现一本相同的书籍，我们都欢喜不已。

卓欣让我坐在沙发上歇息，看看书，她则开始整理满墙的书。她说，闲暇时候整理书籍是她乐趣之一，我能理解。

我坐在沙发上，静静地看着她在那里整理一本本书，午后温暖的阳光，悄悄地照在那些书上，轻柔的音乐，淡淡的书香，让我很放松，也很惬意。有时候我们俩什么都不说，也什么都不用说。

后来，我问起她怎么想起来把自己的居室叫“停云阁”的，她笑道：“就是附庸一下风雅啦，古代文人都喜欢给自己的书房起个斋号，我也就想起一个。有一天翻看陶渊明诗集，看到一首《停云》，特别喜欢，我住六楼，也算是空中楼阁，就起了‘停云阁’。”

我没读过陶渊明这首诗，就查看了一下，《停云》诗有序曰：“停云，思亲友也。罇湛新醪，园列初荣，愿言不从，叹息弥襟。”这首诗尽显诗人的火热心肠以及他对友人的深情厚谊。这何尝又不是我这位古道热肠、侠肝义胆的年轻朋友的写照呢？

我默默地祝福这片美丽的云，诗意地栖居运河左岸的“停云阁”。

2022 年 3 月 13 日

晨之恋歌

早晨，毛毛细雨轻轻地飘着，带来了初夏的清凉。

我来到古黄河公园，一进公园，就融入那浓郁的绿色里了。走着走着，眼前突然出现那么多锦簇花团，有的是一两株，有的是一小片。才一个多星期没来，公园就变得更美了。感谢园林工人这么用心，处处想给我们一个惊喜，让我们忍不住停下脚步，又似乎想告诉来到这里的所有人：慢慢走，欣赏啊！

看，草坪那边有一大片百日菊呢，亭亭玉立，五彩缤纷。她们把花朵高高地举起，似乎要进行一场比赛，看谁长得高，一阵风过，她们轻摇腰肢，似乎又在轻歌曼舞。两只白蝴蝶翩翩飞来，从这一朵飞到那一朵，所有的花儿都是它们的了。

我追逐着蝴蝶，想拍一张蝶恋花的照片，送给我那位爱蝴蝶爱鲜花的年轻朋友。有次，她袭一身淡紫色的长裙，坐在溪水旁，一只白蝴蝶竟轻轻地落在她的膝头。是蝴蝶误落的吗？不是，是爱与美让她们相遇到了一起。我的这位年轻朋友，把她的爱给了那么多热爱读书的孩子。现在，她一定又带着天使之翼读书会的孩子们翩翩飞翔在书的芬芳里，我想把这美丽的画面送给她，以此表达我的敬意。

这时候，迎面来了一家三口。父亲背着腰凳，把小小的孩儿放在胸前，像个大袋鼠。孩子在父亲胸前踢腾着肉乎乎的小腿，挥舞着粉嘟嘟的小手。我望向孩子，孩子送给我一个甜甜的笑脸。孩子，是这美好的早晨，是这美丽的花朵，是父亲宽厚的怀抱，让你手舞足蹈吗？孩子，愿你的笑容永远像这清晨的花儿一样鲜艳纯净。

这一刻，我心里溢满了感动和幸福，我真的想放声歌唱，可是我怕打扰这清晨的静谧与和谐。荷塘边的垂柳漫不经心地把清亮的小水珠甩到水面上，泛起一圈圈小小的涟漪；一只红蜻蜓站在一片嫩绿的荷叶上，似乎在等待同伴；“布谷——布谷”，河对岸传来了几声布谷鸟的啼唱，不知道这是不是家乡的那只布谷鸟，我又有多久没有回家乡看看了。

我徜徉在这美丽而幽静的公园，心里竟又惦念着家乡田野上的早晨了，在这个时节，家乡的田野是绿油油湿润润的，空气里有着沁人心脾的麦香。

2018 年 6 月 9 日

垂钓者

冬日的古黄河，显得更加开阔明净，岸边也敞亮了许多。那位垂钓者，紧握鱼竿，一动不动地端坐在那里，目不斜视，那份专注让我心生敬意。

我把所见告诉对面的同事，然后说，真不懂这些钓鱼的，这么寒冷的天还能钓鱼！他笑着说，我懂！我也喜欢钓鱼，钓鱼是一个忘我的乐趣！

他告诉我现在有很多钓鱼协会，玩法很多。我真没有想到，看来，钓鱼不单单是兴趣，也有很多学问。

他又说，我的理想就是将来自家门前有个鱼塘，当我老了，走不动了，哪里也去不了了，我就抱根鱼竿坐在家门前的池塘里钓鱼。

我赶紧补充，还要在池塘四周栽上桃树、梨树、榆树、柳树，我也要去你那儿钓鱼。

他哈哈大笑：“好，一言为定！”

我们说着说着，就说起了那些站在河流两岸流传千古的垂钓者们。

也许，最具神话色彩的垂钓者是姜太公吧。因为他用直钩钓鱼，并且还不用鱼饵，竟然还能钓到大鱼。有个歇后语叫：姜太公钓鱼——愿者上钩。这个故事最早是从奶奶那里听来的。炎热的夏夜，坐在院子里乘凉，奶奶手摇蒲扇，目光越过沉沉的夜色，那个远古时候的传说，便清晰地留在我的记忆里。

姜子牙受上天之命，下界帮助周文王。于是他就在渭河边一边钓鱼一边等周文王。有一天，周文王外出打猎，走到渭水河边，看见一个老头儿在钓鱼。只见他白头发白胡子白睫毛，看上去有七八十岁了。更奇怪的是他一边钓鱼，一边嘴里不断地念叨："鱼儿鱼儿快上钩呀，快上钩！愿意上钩的快来上钩！"文王再仔细一看老人鱼钩，竟离水面有三尺高，并且是直的，不是弯的，上面也没有鱼饵。文王看了很纳闷，觉得这是个奇人，就和老人攀谈起来。让周文王惊讶的是，这个在河边钓鱼的老头儿，竟然熟知天下大事以及国家文武之道。求贤若渴的周文王认为这个老人正是自己所要寻访的能人，于是赶紧跪拜。后来，姜子牙帮助周文王和他的儿子推翻商纣统治，建立了周。

在我童年的记忆里，每当我央求奶奶讲故事的时候，奶奶总是又讲起这个故事。

我想，从古到今，所有贤者的心中，都渴望遇到周文王吧。可是很多人还是发出这样慨叹："坐观垂钓者，徒有羡鱼情。"

有位垂钓者不同于直钩明钓鱼暗钓君王心的姜子牙。他是从古到今最超然物外的垂钓者，两千多年来，他一直坐在濮水边，任尘世功名利禄，熙熙攘攘，纷纷扰扰，他的心一直如濮水一样清澈明净，自由坦荡。

他不是没有汲取功名的机会，一个天高云淡的秋日，楚王派两位大夫前往表达心意，请他去做官，他们恭敬地对庄子说："希望能用全境的政务来劳烦您。"

庄子拿着鱼竿，头也不回地说："我听说楚国有一只神龟，死的时候已经有三千岁了，国王用锦缎将它包好放在竹匣中珍藏在宗庙的堂上。这只神龟，它是宁愿死去为了留下骸骨而显示尊贵呢？还是宁愿活在烂泥里拖着尾巴爬行呢？”

两位大夫说：“宁愿活在烂泥里拖着尾巴爬行。”

庄子说：“你们回去吧！我宁愿像龟一样在烂泥里拖着尾巴活着。”

从此，这位“持竿不顾”的垂钓者，高高地屹立于华夏文明的峰巅，他的思想他的风骨照亮了后来者精神世界里的晦暗，多少人渴望能和他一起逍遥而游！

只是我们的精神世界是分裂的，心里永远有两位垂钓者：一位姜太公，一位庄子，并且总是用庄子来抚慰心灵在现实世界所受到的打击和失意的伤痛，所以我们还是永远难以真正逍遥。

唐代那位在寒江雪中独钓的诗人，算得上是最冷寂的垂钓者吧。每每念起他的《江雪》：“千山鸟飞绝，万径人踪灭。孤舟蓑笠翁，独钓寒江雪。”总感觉寒气侵肌，透彻骨髓。试想，在这样一个山寒水冷，茫茫的冰天雪地里，这位老翁竟然不畏天寒，不惧雪大，忘掉一切，专心垂钓。这个被幻化了的、孤独的垂钓者，其实就是诗人自己思想感情的寄托和写照，他那睥睨天地间的寂寞，还有他的清高和孤傲，都是那样凛然不可侵犯。

也许我更喜欢张志和笔下的那位垂钓者吧。西塞山前，成群结队的白鹭自由地飞翔，江岸上，那粉色的桃花正灼灼盛开，春水初涨，碧波荡漾，鳜鱼肥美。渔翁头戴青色的箬笠，身披绿色的蓑衣，和着斜风细雨，怡然垂钓，忘却归途。

如果可以，我和我的同事愿意是这样的垂钓者！

2018 年 2 月 3 日

春意沉醉的晚上

3月14日晚上，春风骀荡，我前往古黄河右岸的听蝉居和几位文友聚会。古老的黄河在小城中心安静地流淌，霓虹灯的倒影闪烁着绚丽迷人的光彩。宽阔平坦的河岸边有很多人在散步，一位年轻的母亲脚腕上套着一个球在跳跃，小小的孩儿追随着小球，我心里不由一热，有点沉醉。

赶到听蝉居，周主席、孟老师、冯老师都到了，我刚坐下，徐老师也到了。

徐老师说，路上堵车了。大家都说宝龙路段堵车正常。

他说："我今天是滴滴打车来的，开车的那个姑娘，自从我上车就听她和她老公打电话，不停地向她老公抱怨工作抱怨生活，遇到红灯也焦躁不耐烦。我忍不住问她，你多久没有读书了。她说自从工作就很少读书，买几本书也只是想向朋友炫耀一下。我又问她，你说这红灯是故意难为你的，还是你前行中必须有的。她说是前行中必须有的。既然是必须有的，那就没有抱怨的必要，何不心平气和地等待？她立马问我，你是老师？我说不是，但是我有义务提醒你。下车时候，那个姑娘微笑着对我说，谢谢你，大叔！"

我们都笑着说："你这个大叔受之无愧！"

我被徐老师随口讲述的这件小事深深地感动着，当然也有点惭愧，因为我很少像徐老师这样对陌生人如此谆谆教诲。

冯老师热情地让我们品尝他从淮安带来的特产——茶馓。冯老师上个星期六带着天使之翼读书会的小朋友们参观了周总理故居和纪念馆，在周总理纪念馆前举办了"为中华崛起而读书"的诵读活动。冯老师努力地践行着阅读推广人的职责，他在阅读推广的道路上踏踏实实砥砺前行的精神让我敬佩不已。

他说，回来的时候，买了一些茶馓，送一些给父母和岳父母，让老人们开心一下，留一点给孩子，这不，再带一些给老朋友们尝尝。

冯老师心思竟这样细腻而又温暖，在他的身上，我看到了中国读书人对"老吾老以及人之老，幼吾幼以及人之幼"精神文化的传承。

我们一边品尝茶馓，一边随性畅谈。一把茶馓引发了周主席太多的回忆，那些回忆有苦涩有香甜。对土匪外公的畏惧，对善良邻居李奶奶的怀念，再说到对祖国的感情的时候，周主席眼里闪着泪花。

他说："我曾经为听到祖国的积贫积弱而心痛流泪！"

他还详细地给我们讲述了他在 2012 年 4 月亲身经历的一件事情。

他说："我不仅爱祖国的富饶美丽，也爱她的贫瘠苦难。"

我一直认为周主席是一位非常感性的诗人，特别容易流泪。今天他在讲述的时候，眼里又闪着泪光，我们都被他深深地打动着。

徐老师说，曾经有位朋友要帮助他移民美国或加拿大，都被他拒绝了。

他说："我的根已经深深地扎进祖国的大地里，我不能接受自己成功后就移民的行为。"

也许，在利己主义者看来，这些想法有点不可思议。但是我们这群"60 后"却异口同声地说："我们绝不移民，永远忠于祖国！"这一刻，这群“60后”心里只有伟大的祖国！我也忘记了自己的卑微和渺小，位卑未敢忘忧国！

孟老师讲述了他成为2008年北京奥运火炬手的经历。2007年7月，北京奥组委在全国各省市招募“奥运火炬手”，孟老师当时正在南农大攻读在职研究生，他就在网上报名参加了“奥运火炬手”选拔。当亲朋好友得知他报名火炬手时，都笑他，说他不是运动员，也不擅长跑步，一定选不上。但他硬是凭着扎实的风景园林专业知识和对“崇尚绿色奥运”的独特理解，经过层层筛选和公示，终于成为宿迁8名“奥运火炬手”之一，如愿参加了2008年北京奥运会江苏境内的火炬传递，实现了自己别样的奥运梦想。

徐老师说，我这位老同学最难能可贵的是他的行动力，想到了，就付诸行动。是啊，我们有太多说话的巨人，行动的矮子。人不能没有梦想，但不能一味地空想。

我特别敬佩孟老师的坚持和努力。2007年孟老师被评为“宿迁市建市十年十大功臣”。尽管我们常说“路曼曼其修远兮，吾将上下而求索”，可是我们往往缺少的就是“求索”的坚韧性和行动力。

我们欢快地畅谈，不知不觉，夜深了，我们依依告别。深夜的小城，灯光璀璨，安静而祥和，晚风袭来，我们沉醉在飘着诗意和花香的春风里。

2018年3月15日

淡极始知花更艳

——沭阳铭和康复医院护理部主任庄娜印象记

认识庄娜，源于宿迁市散文学会组织的一次采风。那天在沭阳铭和康复医院的会议室里，看着这些身着洁白工作服的医务工作者，心生崇敬。他们，就是我们心目中的“白衣天使”！当时，庄娜正好坐在我对面，端正淡雅。

难得有这样一个机会和“白衣天使”们面对面，见面会一结束，我赶紧找庄娜聊聊，因为一直以来，大家一致认为护理工作最为辛苦。

庄娜微笑着说：“当你热爱上这份工作的时候，所有的苦和累就会变得理所当然，就会放下抱怨，坦然面对。”她说话轻言慢语的，温柔随和，让我感受到她和职业的融和之美。

庄娜说，爱上这份职业，源于少年时的一段经历。那时，她刚上初中，有一天放学回家，看到父亲突然不能走路不能说话，她害怕极了。大人们赶紧把父亲送到医院，在医院陪护父亲的那段日子里，她目睹了那些穿着白大褂的医生护士，走路带风，感觉真美。特别是父亲很快就康复回家了，她感到惊喜也很惊奇，惊喜的是父亲完全好了；惊奇的是那些医生护士好厉害呀，能驱赶病魔，让人恢复健康。初中毕业时，她毫不犹豫报考了卫校，学习护理专业，白衣天使的梦想实现了。

年轻的梦想美好而欢快，但是当面对现实，实现自我成长的时候，却有很多的痛苦和挣扎。

当第一次给孩子扎针的时候，听着孩子的哭声，不忍下手；当第一次给老人扎针难以寻找血管的时候，得到老人信任和鼓励，竟感动得流泪。

功夫不负有心人，年轻的庄娜很快适应了护理工作，不仅在技术上有了极大的提升，而且在心理和情感上学会了与患者及患者家属的共情，得到了他们的理解和称赞。

有位老奶奶生病住院一个星期后，竟然拒绝治疗，每天还对着医生护士发脾气，这也不好，那也不合适。细心的庄娜赶紧温言细语地和老奶奶拉家常，逗老人开心。闲聊得知，原来是在老奶奶住院期间，她最疼爱的小儿子竟然没有来过，当看到同病房的老人儿女天天来，她就更感到孤单冷清，心里很是失落烦闷。了解到老奶奶发脾气原因后，庄娜努力联系上老人的小儿子，告诉他老人的近况，希望他抽空来看望一下老人，实在没有时间，也可以手机视频。庄娜的敬业精神，深深地打动了老人的小儿子，于是，他尽可能抽出时间来陪伴老人，老人心情愉快，积极配合治疗，很快康复出院。

由于庄娜专业技术能力强，脾气温和，特别受患者喜欢，很多患者康复后，和庄娜成了朋友。

交谈中，庄娜给我的感觉文静而平和，但是当我问她是如何处理好工作和家庭的时候，她沉默了，哽咽了。我不由轻轻地拥抱着她，我的眼睛也热热的。她平静了一会儿，说："我无愧于我的职业，但有愧于我的家人。我陪伴家人的时间太少了，特别感谢家人对我工作的理解和支持。"

今年 8 月中旬，庄娜的爱人得了急性胆囊炎，必须马上做手术。当时工作千头万绪，她根本顾不上照看爱人，只好把陪护爱人的任务交给了刚读初二的女儿。她现在说起来，还感觉愧对爱人和孩子。

庄娜业务上的精湛，工作态度上的认真负责得到了院里同仁的一致肯定。2016 年她被任命为铭和医院护理部主任，今年 9 月上旬又调到铭和康复医院任院长助理兼护理部主任。自从走上领导岗位，庄娜工作更繁忙了，她对自己的要求是：以身作则，率先垂范。

在和庄娜的交谈中，她说得最多的就是：我很平凡，我们每一个铭和医务工作者都是这样做的，我们所有的医务工作者都是这样做的。

是的，我在庄娜身上，看到了每一位铭和医务工作者庄重严谨，美而不娇；更看到了每一位铭和医务工作者都铭记仁心，和谐向上。

正是因为有了每一位医务工作者的努力守护，才有了这一方家园的和谐健康；正因为有了所有医务工作者的努力守护，才有了我们今天全社会的健康平安。向所有医务工作者致敬！

2021 年 9 月 20 日

湖畔笑语

傍晚，太阳的热力终于退去，我和爱人驱车前往骆马湖湿地的罗曼园。到了湖边沙滩一看，很多孩子在沙滩上玩耍，有的在堆城堡，有的在围长城，有的奔跑嬉戏，一个个小脸红扑扑的。我们也把鞋子一脱，加入这欢声笑语中，温热细软的沙子立即热情地包围着我，暖暖的又痒痒的。

趟了一会儿沙子，我们又趟进湖水里。湖水清澈又清凉，我们不由往湖水深处走了几步，湖里的水草轻轻地绕过我的脚腕，湖底细软的泥沙松松软软地穿过我的脚趾缝，湖面水汽氤氲，远处停泊的几只小船，像一幅剪影。我们俩做个深呼吸，享受着湖面上淡淡的水草气息，享受着斜阳下美丽的湖光水色。

两个年轻女孩，看着我们笑，也许是好奇我们这个年龄的人还跑到湖水里玩吧，我笑着向她们招招手，于是，她们俩手拉手小心翼翼地走进湖水，一进湖水里，她们惊叫起来，不知是踩到滑溜溜的小石子还是因为湖水的清凉。

来了一个小男孩，手里拿着绿色的小渔网，他在水里使劲地舀一下，然后拿起来在小网里面扒拉扒拉，我凑近一看，里面大都是黑乎乎的泥沙。

我问孩子：“网到小鱼了吗？”

“我捞到一只小虾！”孩子自豪地说，湖里一只小虾也让孩子有了成就感。

他看我在洗一块小石子，就好奇地问我：“阿姨，你洗小石子做什么呢？”

我说，这块小石子很好看，我想把它带回家放在花盆里。

这时候，我看到一只小河蚌往水里爬行，我赶紧喊小男孩过来，他兴冲冲地把河蚌捞起来，高声地向远处的沙滩喊：“爸爸，我抓到一个河蚌啦！”

孩子似乎有了新目标，开始寻找河蚌，发现一个小田螺，高高兴兴地送来给我看。孩子的乐于分享感动了我，于是，我陪孩子在水里一趟趟寻找河蚌田螺。

小男孩说：“我真想变成鱼呢，就能把整个骆马湖游遍了，最好是变成小飞鱼，在湖面上飞呀飞呀。”

我故意逗他：“为什么不变成美人鱼呢，多好看呀！”

小男孩说：“美人鱼是女孩子们喜欢的，我是男孩，男孩喜欢变成小飞鱼。”

我不由抬头打量一下孩子，笑着问：“你几岁了？”

“我都十岁啦！”

听那语气，好像10岁已经长成大人似的。

落日的余晖给湖面镀上一层绚丽的红，然后一点一点慢慢沉浸到碧绿色的湖底。

沙滩上的爸爸妈妈们开始喊孩子们回家吃晚饭了，我的这个“小伙伴”举着“劳动果实”从湖里欢快地向他爸爸跑去。

我也从湖水里上来，提着鞋，在沙滩上慢慢地走着。那个小男孩举着一个绿色的瓶子向我跑来，气喘吁吁地说：“阿姨，这瓶子里装着的是我们俩的收获，其中有你的一份，都送给你吧。”

我弯下腰笑着对孩子说：“谢谢你，好孩子！你带回家好好养着吧，要在湖水里养，多带点湖水回去。”

那一刻，我真想用力地抱抱孩子，真想对他说：好孩子，谢谢你！谢谢你带给我这么多欣喜！

小男孩举着绿色的瓶子，蹦蹦跳跳地跑回去了。

这就是骆马湖养育的孩子，健康阳光，乐于分享！

我深情地凝望着霞光中的骆马湖，滟滟的波光照亮着这片土地。

2019 年 7 月 26 日

姐呀，占用下你家的阳光

中午在食堂吃饭，饭后直接回宿舍休息，看一下时间，还没到12点，看看太阳极好，就把被子抱出来晒晒，正好人也晒晒，补补钙。

我拿本书，坐在温暖的阳光里，暖洋洋的也懒洋洋的，不一会儿，困意袭来。

突然一声招呼："姐呀，你来啦？吃过了？"听口音像宿迁运西人。

我抬头一看，一陌生女子笑盈盈地站在我面前，个子不高，胖乎乎的，还染了酒红色的头发，在阳光下闪闪的，一定是来陪孩子的。

我笑笑，"吃过了，你呢？"

"我在等孩子，也快到家了，我准备把被子抱回去。"

又赶紧抱歉似的说："你家门前阳光好，我就在你家门旁晒晒被子衣服，占用你家阳光了。"

我笑了："哪能这样说呢，你尽管晒，阳光也是你的。"

心里却又窃喜：第一次听说门前的阳光是我家的，居然还要谢谢我。

她真喜欢说话，语速还特别快。

她告诉我，她是来陪儿子的，儿子高三了，自控力不够，住在宿舍里，夜里偷玩手机，白天就睁着眼睛睡觉，成绩退步很大。班主任找她来谈话，对她说：家长在关键时候要陪陪孩子，特别是自制力弱的孩子，如果这时候家长跟上，多敦促一下，会有很大进步的。

说到这里，她有点激动："姐呀，你说，老师这样关心俺孩子，说实话，比他老子还关心孩子，我能不来吗？我就把家里农活撂下，来了。姐呀，你说，这样关心孩子的老师上哪去找？就是拿根小树枝四处拨了都找不到。"

我一面为我同事自豪，一面心里在说，这样的老师在我们学校不用小树枝拨了找，到处都是呢。

紧接着她又说："姐呀，我跟孩子说，考上大学谁都能忘，就是不能忘了你这些老师。姐呀，我才来 20 多天，儿子这次期中考试还真进步了不少呢，被班主任表扬了。"

我不由称赞："孩子很有潜力，继续努力，一定能考上自己理想的大学。"

她听我这样说，似乎有了信心，"我儿子真的能考上理想的大学吧，姐？"

我非常肯定地说："一定能！"

她十分开心，就用关心的语气问我："姐呀，你也在等孩子？"我说不是，我是来休息的。

"那好，姐呀，你休息吧，俺孩子的被也晒得暖和了，我也能抱走了，中午孩子就可以暖暖和和睡一会儿。"

她走时，又说了一遍："姐呀，占用你家阳光了。"

我笑着说："真的不用这样客气，你尽管来占用这里的阳光吧！"

我目送这位母亲抱着晒得暖暖乎乎的被子，想着这位母亲细心为儿子在阳光下拍打被子时满足的神情，我真希望她的儿子盖着这温暖的被子时，能够闻到阳光的味道母爱的味道。

她那句脆生生"姐呀，占用你家阳光了"，是那样明快爽脆，似乎门前的阳光也灿烂温暖了很多。

我还想对这位母亲说：你尽情地享用吧，这儿的阳光同样属于你！让我们一起共享这温暖的阳光！

2016 年 11 月 28 日

陵云堂堂主毛毛老师

结识毛毛老师，因为古琴。

自从在听蝉居听了李老师的一堂古琴体验课，就再也放不下古琴了。在两个女儿的鼓励下，五音不全的我，拜师学琴。

学琴，哪能没有自己的琴呢。于是，在阳春三月，跟着美丽的李老师和年轻的三师兄下扬州，李老师说，扬州广陵派历史悠久，她向我推荐了斫琴师毛毛，说他古琴斫制工艺非常高超。

我想象中有如此高超技艺的斫琴师，大概是鹤发童颜道骨仙风吧，没想到是个非常随和的年轻人。李老师和他很熟，他们聊着古琴说着熏香，而我对古琴和熏香都比较陌生，我只是惊喜地打量着墙上挂着的十几张琴，这是我第一次见到诗文中常写到的古琴，看着这么多古琴，心里有一种奢侈的激动！每张古琴都有自己的模样。在选琴的时候，李老师让我选式样，说实话，真的不知道选哪样好。于是，毛毛老师向我一一介绍这些古琴名字：仲尼式、伏羲氏、蕉叶式、伯牙式……我听得迷迷糊糊，只能记得与几位先贤有关的名字。最后，我选的这张古琴，名叫“玉玲珑”，琴如其名，雅致。

这是我第一次见毛毛老师。

第二次见毛毛老师，是 2018 年夏季，李老师在文三水举办了一场“暮夏古琴雅集”。这次雅集，李老师请来了毛毛老师和九嶷派传承人周洪辉先生。

在这次雅集上，毛毛老师给大家作了自我介绍，这次我才知道，毛毛老师出身古琴世家，其太外公为刘少椿先生，是广陵派第十代宗师。幼年时候，他跟随祖母一起生活，耳濡目染，爱上了古琴，师从祖母，热衷于做祖母的助教。他似乎天生有一种不服输的劲头，越是祖母说不容易弹奏的地方，他越是去钻研克服，直到祖母认可为止。

后来，因为嫌祖母的古琴厚重，感觉不好弹奏，决心做一张属于自己的琴。于是，他用心观察家人是如何斫琴的，反复揣摩，然后开始为自己斫琴，在材料、颜色、手感、音质、音色上，都按照自己的审美感觉，用了两年的时间，终于做成了一张属于自己的琴。

从此，他就迷上斫琴。

他说，每一张琴都像自己的孩子，每一张琴都有自己的个性，都有自己的灵魂。如果你不喜欢了，没有关系，送回给他，无论什么时候，他都爱着它们，永远!

听到这里，我深深地被毛毛老师感动，感动他对古琴的热爱，感动他对斫琴技艺的自信!

最后，毛毛老师给我们弹奏了古琴名曲《酒狂》和《良宵引》，琴音绕梁，三日不绝。

第三次见面，是 2019 年暑假，李老师在听蝉居举办了第二届“弦籥阁暮夏古琴雅集”。只见毛毛老师手里拿着一把折扇，气定神闲，见到人总是微微一笑。

在这次雅集上，毛毛老师重点给我们普及了一些古琴常识，古琴的基本组成和它的每个部位所代表的内涵，还讲解了古琴在中国文化中的地位和价值。他说：“作为琴棋书画之首的琴，其实指的就是古琴。2003

年，古琴被列入世界非物质文化遗产。”“我今天来，并不是向大家推销我的古琴，而是想尽自己所能，让大家能了解古琴，因为古琴是我们华夏民族最为悠久的古乐器之一。古人说：琴者，禁也。禁人邪恶，归于正道，故谓之琴。我则认为琴者人也，琴中见人。”

然后，毛毛老师给我们弹奏了古琴名曲《渔樵问答》。

毛毛老师忘情地弹奏着，那份潇洒飘逸，让我想起柳宗元的《渔翁》：

渔翁夜傍西岩宿，晓汲清湘燃楚竹。
烟销日出不见人，欸乃一声山水绿。
回看天际下中流，岩上无心云相逐。

柳宗元诗中的这位渔翁在青山绿水间自得其乐，我在毛毛老师身上也看到这种自得其乐。

最近一次是上个周末，这次是路过扬州，顺道拜访毛毛老师，请他给我古琴调弦的。

毛毛老师的小院子古色古香，尽管外面飘着冷雨，但是室内温暖如春。

毛毛老师特别热情，一边给我们斟茶一边给我们讲述他在全国一些大中城市推广古琴的趣事。

我也简单说了一下自己的学琴感受。毛毛老师说，作为初学者，不要太急，也不要贪多，要循环反复练习，每一个曲子要熟练到忘却。毛毛老师说，他弹琴的时候，大脑是一片空白的，不去想琴谱，不去想内容，什么都不想，这个时候就是跟着感觉走。让心里“忘却”、让大脑“空白”，这也许才是真正的演奏者要达到的一个境界吧。

毛毛老师一再强调师法自然，自然就是美，就是好。也许，很多古琴曲，对于毛毛老师，大约已经浸润到他的骨子里了。

毛毛老师随手为我们弹奏了一曲《忆故人》，同行的年轻朋友说：我不懂古琴，但是琴音入心。毛毛老师告诉我们，他弹奏的这张琴弦是桑蚕丝做的，最自然的丝，最原始的木，最天然的漆，一切都是源于自然。也许，正因为琴音里带着自然界的气息才会如此直接走进我们的内心吧。

所有的相逢都是缘分，感谢毛毛老师！

2019 年 12 月 24 日

榴花如霞

——宿豫双河石榴园女主人钟明霞剪影

走进6月的石榴园，如同走进一个色彩缤纷的世界。园中，万枝浓绿，榴花朵朵。那一朵朵榴花如火似霞，耀眼夺目。

石榴园女主人钟明霞是我朋友的朋友，这个时候，正在园中忙碌，看到我们来了，赶紧从园中走出来，笑容灿烂，话语脆亮。

认识钟明霞有3年了，第一次是跟着朋友来摘石榴的。他一路上都在介绍双河石榴园：土质好，品种好，施的是有机肥，从不打农药，结出的石榴，籽软水多口感好，是名副其实的绿色产品，真担心朋友超前的夸奖会抬高我们的期望值。到了石榴园，朋友和女主人打过招呼，就带着我们直接开始采摘，我一下子被那些又大又圆的石榴吸引了，朋友提醒我悠着点摘，但是我看这一个好，那一个也好，不一会儿，我的篮子就装满了，感觉不过瘾，我又拿了一个小篮子。此后每年秋天，我都要来双河石榴园采摘，和石榴园女主人钟明霞也熟悉了起来。

钟明霞是上海人，出身军人家庭。她不喜欢按部就班朝九晚五的工作，却喜欢那些具有挑战性的工作。她说服家人，自主创业，经过10多年的打拼，在上海有了自己的服装店、皮鞋专柜品牌店和饭店。没有想到，事业的成功，却让曾经携手打拼的两个人渐行渐远，一段时间里，她感到特别苦闷和迷惘。

也算是机缘巧合，2015 年宿豫区到上海招商引资，钟明霞一下子心动了。她很快就来宿迁进行实地考察，这是她第一次到宿豫这片土地，这是一片陌生的土地，也是一片神奇的土地，当她踏上这片土地的时候，心里一下子踏实敞亮了，曾有的苦闷彷徨竟然奇迹般消失了。

这一次实地考察，她已经知道了自己的选择，当她把决定告诉家人的时候，却遭到了反对。父母心疼女儿，舍不得女儿离开上海，在他们印象中，苏北农村一直又苦又穷。妹妹们反对，她们不明白已到中年的姐姐为何要放下做得好好的生意，要去苏北农村重新创业，不知道又要面对多少困难，简直太不可思议。

但是，钟明霞没有任何动摇和一丝犹豫，她盘点一下在上海的门店，毅然来到宿迁市宿豫区，签下投资开发项目合约。经过和宿豫区政府曹集乡政府多次协商、多方考察，最后决定在双河社区种植石榴，种植面积近 400 亩。钟明霞成为双河首个石榴种植大户。

站在这几百亩土地上，钟明霞是兴奋的，也是忐忑的，她知道这是机遇也是挑战。这几百亩土地，要栽上几万棵石榴，如何栽植、灌溉、施肥、灭虫、杀菌、修剪、套种、套养等等，对她来说，都是一个个全新的课题。种植技术就是第一道难关，好在区政府给她派来了技术人员，她自己也买来了大量有关种植石榴方面的书籍，虚心请教当地有经验的村民，积极参加区里组织的各种培训活动。并且到山东、河南多个石榴产地去学习不同品类的石榴种植技术，以及成功的种植经验。最终，她从山东临沂购买了广清石榴苗，从河南购买了河阴软籽石榴苗。这两种石榴成熟后，里面的籽都是红色的，口感略有不同，用途也不一样，河阴软籽石榴可以用来做饮料，广清石榴用来做酒。

当满园的石榴苗在春风里摇曳，当石榴花咧开艳艳红唇，钟明霞笑了，只是更忙碌了。她每天起早贪黑在石榴园里忙着，每一株石榴幼苗都享受过她温柔地抚摸，每一片绿叶都吮吸过她亮晶晶的汗滴。

为了落实政府绿色生态环保的种植理念，从种植开始，石榴园里就不使用杀虫剂和除草剂，她先后尝试了在石榴园里套种大白菜、大豆、土豆，在园子里套养土鸡、山羊、小兔等。几年下来，她不仅精通了石榴种植技术，还学会了家禽养殖，成了当地有名的石榴种植大户、家禽养殖能手。

转眼7年过去了，她说自己已经和这里的村民成为一家人。刚开始的时候，村民看到这样一个大城市来的洋气女子，经营几百亩石榴园，私底下直摇头，没有一个人看好她。后来她需要就地招工，好不容易来了几个老奶奶，但钟明霞没有嫌弃，直接告诉她们一天的劳动报酬，每月结算，也可以当天结算。在干活的时候，钟明霞并不安排具体的劳动量，让他们能干多少就干多少，但是她们干得很卖力，常常天刚亮就来，天黑了才回家，感觉不多干点活就对不起钟老板。

这几位老奶奶干了一段时间，就四处夸赞，说钟老板脾气好，心眼好。慢慢地，好多在别处干活的村民都想到钟老板的园子里干活。村上那几位生活困难的老人，找到钟明霞，诉说自己的情况，请她安排到石榴园里干活，想挣点生活补助。钟明霞明明知道她们的劳动能力，但还是爽快地答应了她们，说来也奇怪，有些体弱多病的老人，来石榴园干活之后，竟然越来越有精神了。也许是因为这些老人发现自己依然可以被他人所需要、被他人所尊重吧。

她对乡邻的理解和体贴赢得了乡邻的爱戴，她对乡邻的信任也赢得了乡邻对她的信任。乡邻都把她家活当成自家的活，到月底发工资的时候，乡邻干了多少活，都是由乡邻自己说了算。

经过多年的打拼，如今的石榴园生机勃勃。钟明霞在不惑之年创业成功，人们常常惊羡她现在取得的成果，似乎淡忘了她付出的汗水和泪水。我曾亲眼见她烈日下除草，挥汗如雨；曾亲眼见她在冬日的寒风中割大白菜，双手皲裂；亲眼见她抖音直播，为客户宰杀鸡鸭。现在已经完全看不出她是从大都市来的女子，她曾笑着说，那些高档的化妆品都成为过往，这里的清风明月绿叶榴红最养颜。

面对赞誉，钟明霞说得最多的就是感谢，感谢宿豫区各级领导给予的引领和扶持，感谢乡邻热心的帮助，感谢这片土地给予她无穷的力量。她热爱这片土地，热爱这里的人们。在这片土地上，她收获了爱和成长，拥有了自己幸福的小家庭。

当我再次望着这一大片郁郁葱葱色彩绚丽的石榴园，看着这生机蓬勃的榴枝，娇美艳丽的榴花，不由紧紧地握住了她那双越来越粗糙但也越来越有力的双手。我在她含笑的眼睛里，看到了榴花如霞，她是这片石榴园最美丽最明亮的风景！

2022 年 6 月 20 日

美文诵读班刘老师

今年 10 月底，办公室同事向我推荐了市文化馆各项免费培训，在众多的培训中，我和爱人一起报名参加美文诵读培训。

11 月 14 日晚上 7 点正式开课。那天晚上，我们 6 点半来到市文化馆二楼指定的教室。教室很大，桌椅整齐，前面有一个高出地面约 30 厘米的舞台，舞台上有张气派的长桌，不到 7 点，教室里坐满了人。

7 点整，老师在我们期待中走进教室！啊，我们老师竟然是刘馆长！

大家都热情和刘老师打招呼，有的说，刘馆长好！有的说，刘老师好！我曾见过刘馆长一次，去年我和爱人参加宿迁电视台举办的秋季诗会，我们两个人是第一次参加这样的大型活动，特别紧张。在彩排时候，主办人卓欣说："这位是刘馆长，请刘馆长给你们俩指导一下。"当时那么多节目在彩排，刘馆长特别忙，他就利用一些节目空隙来指导我们，不仅指导我们朗诵中需要注意的情感和节奏，还指导我们如何走上舞台，在舞台上如何站立，如何面对观众。刘馆长看我们有点紧张，就鼓励我们："你们这是第一次上舞台，已经很不错了，以后多锻炼几次就有舞台经验了，不用紧张。"刘馆长说话是那样的温和平易，没有一丝一毫文化馆长的架子。

现在知道是刘馆长给我们上课，庆幸这次报名太值得了，简直是赚大了！第一节课，按照常规，老师往往是要做一番自我介绍的，有的可能还要把获得哪些荣誉说一说，特别像刘老师这样从事艺术 30 余年荣誉等身的。可是刘老师对自己什么都没有介绍，开场白竟是："大家喊我老师，我不敢当。我们只是聚在一起共同学习，大家能这样对诵读感兴趣，我很高兴。"

然后，刘老师给我们提出诵读时几点基本要求：首先，对作品的思想内容要努力去理解，认真揣摩作者的意图，要反复诵读；第二，情感要真挚，也许普通话不是特别标准，但是要用情，能打动人心，就是好的朗诵；第三，诵读时候，可以用面部表情、眼睛和一些肢体语言来表现作品的张力，但是一定要恰当，不可太过。

接着，刘老师就让同学一一上台诵读冰心的《荷叶·母亲》(作品是提前发在群里的)，教室里有 60 多位同学，老师一下子点了那么多名字：田静、金梅、卫茹、魏清、李婷婷、单群、彭静……我惊诧极了，老师记忆力怎么这样好，怎么能记得这么多同学呀！后来得知，这些同学是上一期的学员，就这，也不容易呀！我暗暗佩服老师记忆力，更敬佩老师的认真和用心！还有，更让我惊诧的，这些同学朗读水平，简直让我大开眼界，这哪里是我同学呀，他们都可以做我的老师了。

在同学上台诵读的时候，我以为刘老师会站或者坐在前面高高的讲桌上给同学们点评。可是刘老师是这样的：同学诵读前，他为同学们调配背景音乐；朗读的时候，他就安静地站在墙边，认真聆听；同学诵读结束后，刘老师才走到同学跟前，认真点评。对同学们的朗读，刘老师总是给予热情的赞许和中肯的评价。

刘老师突然点名让我和爱人上台诵读，竟还记得我们俩！我没有心理准备，一时紧张得路都走不稳了，诵读时更没有放开，读得实在不怎么样，可刘老师还是给予了鼓励。这一晚上，刘老师几乎让我们所有同学都上台诵读。同学们诵读积极性也非常高，尽管外面寒风呼啸，室内却书声琅琅，温暖如春。

这个晚上，我们将近 10 点才结束，本来是我们耽误了老师的时间，可是刘老师在下课时候却说："实在不好意思，时间有点晚了，我是想，既然大家都来了，就都要上台展示一下。"刘老师是多么谦和又敬业呀。

和刘老师接触越多，越能感受到刘老师的谦和与敬业。每一次上课，刘老师总是提前几分钟到教室，有位丁同学，一天晚上下班后直接来教室了，距离上课时间还有半个多小时，正好被刘老师看到，听说她还没吃晚饭，就催她出去吃点东西，这位同学说不用，刘老师就赶紧去给倒了一杯开水，热热的暖暖的。

我们在诵读过程中，对作品的把握总是有这样或那样不到位的，老师就给我们示范。每一次示范，都让我对作品产生一种新的感受，我和同学们总是报以最热烈的掌声和欢呼声。这时候，老师总是说："这只是我的理解，不能作为示范，你们不必模仿，你们一定要有自己的理解。"

刘老师对同学们的朗读从不吝惜赞美，像杨同学田同学张同学叶同学朗诵都特别好的，老师干脆就赞叹："完美！"这是多高的评价呀！有的同学进步很大，老师就会高兴地说："哎呀，你进步真大，太让我惊喜了！"我们老师观察特别细致，有次就说："吴应华，你今天诵读音色很美，衣着也很漂亮！"我想，我们老师这样对美有着敏锐细腻的感知，是不是也提醒我们平时就养成外在和内在皆美的习惯呢，老师曾建议我们不要穿运动鞋来上课，我不由有点惭愧自己衣着太随意了。

不会忘记，我们第三次上课的情景。那天晚上，空中飘着大大的雪花，因为有一部分同学请假去文化馆大剧场看京剧名家演出，于是有同学在群里建议：今晚诵读可否暂停？刘老师很快回复："正常！只要有一个同学来上课！"事实上，那天晚上有 30 多位同学来听课，当我们老师顶风冒雪来到教室的时候，眉毛上还挂着雪花。

不会忘记，在第六次诵读中，出现的那个小小的插曲。那天晚上，黄杰同学要求第一个诵读，当她诵读完《世界上最遥远的距离》后，老师点评道："黄杰是位重庆妹子，性格爽直，她对这篇作品的情感把握很到位。"黄杰在致谢时候说，今天晚上想提前回家给老公过生日。刘老师立即送上祝福，还和同学们一起唱起了《生日》歌，黄杰被老师和同学们美好的祝福深深地感动了，说话都有点哽咽了。

那天我们人多，诵读课又很晚才结束。结束后，班长这才在群里告诉我们，老师口腔溃疡很严重，就这，老师还不许班长在群里声张。同学们得知老师口腔溃疡了，热情地给出了很多治疗药方，甚至还有偏方。我们老师一边接收同学们给的药方，一边向同学们表达谢意和感动！

刘老师的温暖体贴谦逊平易诲人不倦深深地感动着我们，也教育着我们，影响着我们！

我很幸运，有这样的一个机缘成为刘老师的学生，我很庆幸，有这样一位德艺双馨的老师，我也特别感谢，刘老师一直以来对我们的教诲！

（谨以此文表达我对刘老师的敬意！）

2018 年 12 月 26 日

清澈的眼睛

阳台上晾衣架坏了，趁着“五一”假期到义乌商贸城去看看。买好晾衣架后，我又来到眼镜店，听同事说商贸城配副眼镜要比市区便宜很多。

我们打听了一下，眼镜店大概位置在七街。我们找到七街，从西转到东。终于看到一家，进去一看，名字很显赫，大概占了一面墙，旁边有个关于店主的人物介绍，店主是某个眼镜协会秘书长，原来各行各业都有协会。店里眼镜种类很多，价位不等，店主和店员都很热情，我们沿着柜台看了两圈，最后选中了一款。

那位年轻的店员先测试我眼镜的近视度数，左右镜片原来悬殊是25度，一个425度，一个450度。可是现在再测试，却悬殊了250度，左眼竟然接近750度了，我不相信会有这么大的变化，店主说他再给测试一下，结果还是悬殊这么大。

店主说：“你上一次配镜时候一定是没给你测试准确，导致左眼受累加深了度数，配眼镜需要仪器，但更需要经验，我已经从事这个行业近30年了。”

他又说，测试仪器上显示，你的眼睛里面特别清澈，只是近视而已。

你这个年龄，眼睛里面还能这么清澈还是比较少的。

我没有想到店主竟用“清澈”二字，也许是店主有意恭维吧，但我还是很开心，因为我有一双清澈的眼睛！

我爱人感觉眼睛有点花了，也请店主给他测试一下，看需不需要配眼镜。店主认真测试了一下，然后说：“从仪器显示上看，暂时不需要配老花镜，但是眼睛里面有点浑浊。”

回来的路上，我笑话他：“男人还真是泥做的，眼睛都混浊了。”

他说，男人嘛，海纳百川，泥沙俱下，难免有点混浊不清。

我大笑，混浊不清也能有理由。

但是不管我们俩眼睛是清澈的还是浑浊，我们都不约而同地想到一句诗：“黑夜给了我黑色的眼睛，我却用它来寻找光明。”这是诗人顾城在《一代人》中的诗句，20 世纪 80 年代的大学校园里几乎人人皆知，舒婷、北岛、梁小斌、海子等人的诗深受大学生们喜欢，那是一个热爱诗歌的年代，把诗歌作为时尚的年代，我很庆幸赶上这样热爱文学的年代。

一句“清澈的眼睛”让我一路愉快。到家后，为了再证实一下那店主说的“清澈”，我对镜自照，使劲睁大一双小眼睛，左看看右看看，也还算青白分明，只是我看不到“清澈”，我又让爱人帮仔细看看，他说，不用看，能明辨是非就行。

我望着镜中这双虽然近视但还算清澈的眼睛，心里充满着感激，我要用这双清澈的眼睛来欣赏这个世界的美好和善意，来追求光明和爱。

2017 年 5 月 2 日

忘年小友思思

同事让我给一位小朋友推荐一些阅读书目，今天他给我发来了这位小朋友基本信息：小学刚毕业，12 岁，爱读书。他说小朋友想和我当面聊聊，今天，我和小朋友见面。

作为见面礼，我把我的散文随笔集《木槿花》送给她。她惊喜地说：“老师，这书是送给我的？”“是呀，来，告诉我你的名字！”思思指着“槿”字问：“老师，这个字怎么念？”“jǐn。”然后，思思一字一字地念着“木——槿——花”，“我好开心哟！”思思把书抱在怀里，一副陶醉的模样。思思的情绪感染了我，我一下子喜欢上了活泼可爱的思思。

今天的主要任务就是给思思推荐书目。我想还是多推荐一些经典诗文，既能提升语文素养，应对考试，又有助于她个人精神世界的成长。于是我从书橱里拿出《唐诗鉴赏辞典》和《宋词鉴赏辞典》，想借助这两本鉴赏辞典看看她古诗词积累情况，然后再鼓励她多读多背。思思看到这两本厚厚的鉴赏辞典，很好奇，打开目录，看到熟悉的诗人和诗歌竟然拉着我一起朗诵起来，我们一起朗诵了崔颢的《黄鹤楼》、李白的《黄鹤楼送孟浩然之广陵》、李清照的《一剪梅·红藕香残玉簟秋》，等等。

思思说，我也喜欢毛主席诗词，我就从书橱找一本《毛泽东诗词全集》。思思问我，老师，毛主席那首《卜算子·咏梅》是不是模仿陆游的《卜算子·咏梅》呀？我说，思思真爱思考，这不是模仿，只是他们所用词牌相同，所咏对象相同，但是他们表达的思想感情格局境界差别可大了。于是，我们又一起读了陆游的《卜算子·咏梅》，思思能这样一边读书一边思考，已经让我刮目相看了。

我把《古文观止》拿来，思思惊叹道："哇，这本书好旧呀！老师真会收藏。""思思，只有书最值得珍藏。""老师，这些文章都要背诵吗？""是的，最好背诵，你那么聪明，多多背诵。"

我把杨伯峻先生的《论语译注》递给她，"《论语》上有些名句我也会背诵，'学而不厌，诲人不倦''见贤思齐焉，见不贤而内自省也。'""思思，你真的太棒了！"

思思看我不停到书橱拿书，就说："老师，我可以参观一下你的书橱吗？"

"当然可以！"

"哇！老师，我看到这么多书两眼放光了！"

"来，为看到书而两眼放光的我们拥抱一下。"

"老师，我也喜欢《呼啸山庄》。"于是，由《呼啸山庄》说到《简·爱》，说到夏绿蒂·勃朗特姐妹。

思思说："来，为我们共同喜欢的作家握个手！"

后来闲聊，思思说她喜欢朗诵，我说现场来一个呗。思思站起来，向前迈几步，身姿挺拔，落落大方，字正腔圆。又让我赞叹！

思思说："老师，我感觉你很有意思，我想做你的学生。"

"如果你愿意，现在就是我的学生。古有一字之师，现在我也能算得上一字之师，我要努力做一个有意思的老师。"

我逗她："你说老师有意思是指哪方面？"

"老师您随和率性，我喜欢！来，为我们共同喜欢的'率性'再握个手！”

思思问我：“老师，你什么时候出第二本书？”

我有点惊奇：“为什么这样期待？”

“我希望老师书里写到我！”

“好！我努力。我用实名写你？”

“用实名让同学们看到了多不好意思，要不把我名字中一个字改为昵称。”

我们一齐说：“思思？”

“好，一言为定，思思！”

小友思思虽然只有12岁，但是我们交流起来很舒畅，我们成为忘年之友。

（按：为了满足小友思思的愿望，是以记录下这美好的第一次见面。谨以此文，送给我这位爱读书的小友，祝她在阅读中快乐成长！）

2019年7月9日上午

我与《速文艺》的2017

如果我也来盘点2017的收获和影响，毫无疑问的，那就是结识了《速文艺》。《速文艺》如一缕暖暖的春风，在我平淡普通的生活里吹开了一朵诗意的小花，清新淡雅。

我一向孤陋寡闻，第一次看到《速文艺》的身影，是在2017年春节。有一次其成君在朋友圈里发了一篇文章，因为喜欢那篇文章，不由又多看了一眼刊发平台——《速文艺》。但还是感觉有点遥远，也就没放在心上。

有趣的是，自从那一次之后，朋友圈里似乎不停地能读到它刊发的文章，那些文章似乎向我招手，我不由有些心动：何不勇敢地试一次，也好检验一下自己呢。于是，我把刚刚写好的《正月初一的习俗》发给了《速文艺》，没有想到的是，第二天，文章就发表在《速文艺》上了。主编许蒙先生还给我发来了信息，给了我很多的鼓励。当时，我正在三台山的梅园，正午的阳光，把每一朵梅花都照得明艳靓丽，每一朵梅花似乎都散发着文字的清香。

第一次，我的文章居然也在朋友圈转发。我同事的孩子在读了《正月初一的习俗》之后，对那些习俗特别好奇，就问我是不是真的。我说是真的，千真万确！这也让我意识到文字的记录意义。

《速文艺》也许不会想到，这个第一次，给了我巨大的鼓舞，让我更加努力去写一写我热爱着的生活，无论是现在的还是曾经的生活，这些生活就是我们今生今世的证据，因为我们无可争议地行走在消逝之中。后来又陆陆续续写了一些，《速文艺》催我努力！

《速文艺》也许不会想到，它还帮我联系上了许多在他乡工作生活着的学生们，给了我很多的惊喜。

有一天，我接到一个陌生电话，他说："安老师，我是您学生张磊，2006 届 6 班的，我在朋友圈里看到《速文艺》上您写的文章，感到非常亲切，突然特别想您，好容易才找到了您的电话。"那一刻，我只有感动。

他告诉我，他在西安工作，小家庭也在西安，工作家庭都挺好的，我真为他高兴。我告诉他，西安，一直是我一个美好的向往。

我不由问他："你距离灞陵远吗？"

他笑了，"老师，我就在灞桥区工作呢。"

我们师徒俩几乎异口同声道："年年柳色，灞陵伤别。"念完一齐大笑。

原来我们都记得灞陵和灞桥柳呀。灞桥，这座久负盛名的古桥，装点了唐诗宋词的风韵；那桥边的垂柳，永远翠绿多情，管他岁月憔悴了多少容颜。

西安、灞桥，从这时候起，已经不再单纯存在于诗文中，也不再是我向往的一个单纯的景点，它变得亲切和温馨，因为那里有我学生的青春和爱。

还有许多《速文艺》编辑老师料想不到的趣事，它们都成了我的私人珍藏。

与《速文艺》结识一年来，它让我有幸结识了许多的诗人作家文艺评论家，他们对写作的殚精竭虑，深深地激励着我。《速文艺》，还让我结识了诸多热爱文学艺术的朋友们，从他们身上，我读到了文学的魅力，读到了人性的真善美，而弘扬真善美也正是《速文艺》一直自觉履行的职责。

《速文艺》，虽与你初相识，却犹如故人归。

在 2018 年即将到来之际，请你接受我俗套却真挚的祝福：愿你永远如一团青春的火焰，点亮和温暖所有文学爱好者的梦想；愿你永远如一涧清澈的小溪，载着我文学的梦想奔向浩瀚的蔚蓝色的大海！

2017 年 12 月 22 日

寻常小事

明天早上要和班里的孩子们一起参加学校举办的第九届“卓越之旅”，我想买一些零食，让同学们带着，这次远足来回接近60里呢。下午，正好女儿下夜班，就陪我到超市买些糖果饼干，回来的时候，天色有点昏暗，还飘着雨丝。

走到小区附近，一位推着自行车的老人喊我：“大姐，买只鸡吧？”我望向老人，他车篮里蹲着两只鸡，一只公鸡一只母鸡。他见我要走，又赶紧说：“大姐，买吧，我家还在龙河，还有几十里路呢，我们那里家家都养小鸡，没人买。”

我问：“这个季节母鸡怎么不留着下蛋？”

老人说：“需要使钱，等着钱出礼。”

“可是这是活鸡，我没法杀呀？”

“大姐，你要是买，我就到菜场弄干净了再送给你。”

看着老人祈求的眼神，满脸的沧桑，女儿不停地催促我：“妈妈，买吧，妈妈，买吧。”于是，我把两只鸡都买了，老人称了称，算了一下一共160元。他说到菜市场把两只鸡弄干净了就送给我，让我把手机号码留给他。

感觉等了好久，天色越来越昏暗了，雨丝似乎也稠密了许多。那位卖鸡老人终于打来了电话，说他马上就到小区门口了。当我把 160 元现金（老人说要现金）递给他时，老人竟对我千恩万谢，似乎不知道该怎样表达为好！那一刻，我心里有点难过，我不能接受老人这般的千恩万谢，对我来说，这只是寻常买卖而已。不知女儿何时悄悄买来了面包，让老人路上吃，老人有点激动，赶紧把手放在衣服上搓了又搓，双手来接面包。

晚上，我把这件小事记录了下来，发在了我的学生群里，没有想到竟引起学生们热烈的讨论和美好的回响。有位已在苏州工作的学生讲述了她经历的一件小事，她曾经在城管那里帮一个老大爷交了罚款，帮老人拿回了电子秤。没有想到的是，半个月之后，老大爷竟冒着大太阳来到她办公室门口，给她送了整整一三轮车的大西瓜！她说，她很感动，那也是她吃过的最好最甜的西瓜。有位学生说，有次坐公交，急匆匆上来一位农村人，忘了戴口罩，看那人急得面红耳赤，就赶紧从包里拿出一个新口罩给他，那人竟感激得不知如何是好。最后，他们对我说："老师，他们这种最质朴最真诚的感谢真的让我们很感动，其实，对我们来说，只是举手之劳而已。"

其实，我们身边有很多人，总是力所能及地给予他人方便。我有一位文友，她习惯坐公交车上班，常常在公交车上遇到忘了带硬币或者不会扫码的乘车人，她总是给予热情的帮助。或许，有人会说，这只是一枚小小的硬币而已，但是就是这一枚小小的硬币，解决了他人的燃眉之急，免去了他人陷入的尴尬；就是这一枚小小的硬币，传递着的是人与人之间的温暖和关爱，也许就是因为有了这一枚小小的硬币，这个世界才如此的温馨和美好。

我想对我的学生们说：请珍惜你们拥有的幸福生活，并力所能及地帮助他人。

2021 年 4 月 1 日

一朵金色梅花

认识金梅是在市文化馆开办的美文诵读班上，她是我们的班长，年轻、活泼、开朗、干练。作为一班之长，她朗读很出色，但更让我敬佩的是她乐于为集体服务的热情。校园之外的我，胆小自卑，8次的课程结束之后，我几乎没有主动和她说过一句话，尽管我心里那么欣赏她，此后两年多，我们几乎没有联系。

去年11月，市全民阅读办、市妇联成立巾帼读书会，采取会员制，金梅任会长。看到这个消息，我毫不犹豫地报名了。

巾帼读书会报名踊跃，读书活动迅速开展，形式多样。金梅作为会长，博采众议，每期推荐一本书，共读一本书，分享读书体会等。

我只是默默地关注着，学习着，也被她们鼓舞着，和金梅还是没有多少交流。

我们真正接触交流频繁，是今年的4月份。因为4月23日，是第27个世界读书日，也是第8个江苏全民阅读日。在4月23日这天上午，宿迁市第十届读书节暨“全民悦读‘豫’见书香”活动有个云启动仪式，在宿豫大剧院举行，启动仪式结束后，还有个“全民悦读‘豫’见书香”节目展演，巾帼读书会推送节目是《四季芳华》，由四位本土女作家按照

“春夏秋冬”四季朗读自己的作品，我有幸在受邀之列。我没有大声朗读过自己的文章，心想，自己的文章读起来还能有问题。事实上并非如此，每次录出来自己都不满意。我就把录音发给金梅，请她指导，每次她都很认真地给我指正，打扰次数一多，我都不好意思了。但是她特别有耐心，不厌其烦，一直鼓励着我。彩排的时候，我很紧张，在舞台上竟不知道怎么走才好，金梅大声对我说：“相信自己，目中无人！”受她的“目中无人”的鼓励，最后演出的时候非常自然。

“全民悦读‘豫’见书香”活动刚刚结束，金梅又鼓励我参加巾帼读书会举办的“悦读芬芳”领读活动。推荐一本书，对我来说容易，采用的直播形式却让我紧张，我特别担心主持人问到我没准备到的问题。

她说，你是语文老师，你推荐的书是说唐诗的，关于唐诗这本书，主持人还能比你懂？她无论如何也难不住你啊！

但我还是有“畏难”的情绪，“怕”字更是立马上头：怕推荐的书不经典，怕紧张忘词，怕表达不严谨，怕说话不流畅自然。

我向这位老班长坦白了自己这些“怕”，她鼓励我说：“重在参与，重在享受一种全新的体验。”我被“享受一种全新的体验”诱惑了，决心努力一把。

“悦读芬芳”领读活动直播结束后，她笑着问我：“这次全新体验感受，是不是很享受？”我笑着说，的确，原来勇敢挑战自我是一件很享受的事！

她说，重要的是我们自己认真对待，不必在意有多少观众认真看了，有多少观众有所收获，只要我们每个人自身有所收获，有所成长，这就足够了。

这次“悦读芬芳”领读，我们俩分工合作，我负责推荐，她负责朗读，被队友笑称是“黄金搭档”。

这不，刚进5月，金梅又在巾帼读书会群里，倡议5月共读一本书，请大家自由推荐，她说正在读《遇见未知的自己》，感觉很不错，愿意跟大家一起共读。而我正好有《遇见未知的自己》这本书，买好久了，只读了一小部分就束之高阁，正好趁这个机会，在大家的共同督促下读完，于是报名一起阅读。我原以为就是大家一起读读议议，没想到是各人认领章节有声阅读，这对我来说又是一次挑战。

我认读了这本书第七章内容，不到 2000 字，大声阅读需要 10 分钟左右。但我还是高估了自己阅读的准确性，更别提情感节奏的把握了，我把录音发给她，她一边指正一边鼓励，还特别加了一句，让我平时多锻炼身体，一定是她听出了我的气息不足，这温暖体贴真的让我感动。

几遍之后，我还是不满意，最后有点气馁了，于是悄悄地给她发一条信息："可否临阵脱逃？"

她立即回我："勇敢一点，不许逃避！"

我说，不比不知道，听了群里其他人录音，发现自己实在拿不出手，担心影响整体效果。

她说："又想多了吧？为什么要跟别人比？我们跟别人学，跟自己比啊。不要给自己太大压力，就是玩的，朗读得怎么样并不重要，重要的是《遇见未知的自己》，这也是我想和大家分享这本书的目的。"

接着又来了一句："跟我学不到知识，但能学到勇气！"她很谦虚，但对我来说，我既学到了知识，更增添了勇气！

子曰："三人行，必有我师焉。"感谢在人生旅途中美好的遇见，感谢她鼓励我勇于直面自己，敢于挑战自我，激励我进步和成长。

她像一朵金色的梅花，明亮、美丽、芬芳。

我被这朵金色的梅花迷住了！

2022 年 5 月 11 日

遇见

一

今天早上依然坐6点26分808路公交车。习惯性向车里望望，没有一个乘客，那3个建筑工人呢，今天怎么没有坐这班车？

最近这1个多月里，只要我早上坐上808路这班6点26分公交车，车里都有3位赶往工地的工人，他们中两个戴着黄色头盔，一个戴着红色头盔，穿着朴素。开始是2个人，后来是3个人，他们50岁左右，皮肤黝黑，双手粗糙。每天都戴着头盔，衣服上有很多水泥斑点。他们每次都是到宿城区公安分局站点下车。有一次，已经到站点了，有个人还坐着，他的同伴轻轻推他一下，嘿，到了！那个人赶忙站起来下车。我望望他，发现他有点从睡梦中醒来的样子，也许起得太早了，睡着了吧。

我不知道他们是从哪里上车的，但能想象得到他们一定起得很早。今天，这3个工人呢？他们怎么没有坐这班车？也许是这里的活干完了吧？也许是因为天气开始暖和，他们骑摩托车了吧？我把目光投向车窗外，这时，有好多辆摩托车从公交车旁边驶过，好醒目啊！在红绿灯路口，我数了一下，大概有10辆，他们都戴着头盔，前面清一色用军绿色大衣遮风。他们这是一起去工地干活吗？这里面有那3个工人吗？看着这浩浩荡荡的摩托车队伍，我心里涌起一股热流。我默默地祝福着他们，愿这温暖的春天，送给他们美好的希望。当然，我更相信他们的辛劳和汗水一定会有丰硕的回报！

今天，我要对学生们说说我在公交车上遇见的这3位工人，也许我学生中也有这样的父亲——这样起早贪黑在工地上干活的父亲。我想告诉我的学生们：为了对得起这样的父亲，我们没有理由不去努力！

2016年3月16日

二

我遇见她两次，在傍晚，在公园里。

第一次是去年的深秋。我在公园里随意漫步，欣赏着落叶。突然，听到一个人响亮的歌声，我很好奇，因为很少有人在公园里这么大声地唱歌，并且唱歌还不在调上。我循声望去，原来是一位环卫女工，她穿着蓝色的工作服，面对着夕阳，正挥舞着大扫帚扫落叶呢，她的一条辫子在背后随着舞动着的扫帚甩来甩去。我不由停下，想听清楚她唱的是什么，也许是我知道的歌曲太少吧，反正我没有听出来她唱的是什么，担心她突然转身发现我，我听了几句，赶紧离开了。但是我还是很感动，也很羡慕她，因为她敢一个人这样一边劳动一边无所顾忌地大声歌唱。我，似乎受她感染，也不由唱两句不在调上的歌，在一个拐弯处，猛抬头，迎面走来两个人，我，又戛然而止，匆忙低头走过。

第二次遇见她，是今年初春的一个傍晚。这一次，我和她是迎面。当时，她一手提个垃圾袋子，一手拿把大夹子，她一边走一边高声地和同伴讲述着什么，语速很快。

这一次，擦肩而过之后，我站住了，“偷听”了她的讲话，然后怀着敬意，目送着她们。

2017 年 2 月 25 日

三

早上，天空中飘着细雨，我坐在公交车上，公交车在便民方舟站西面的十字路口等绿灯时，我望向窗外，看到一位年轻的母亲，两脚支地，两手扶着电瓶车车把，正用低下头咬着车子前面的披风向上拉一拉，更密实挡住外面的风雨，然后又看了看她的孩子，小小的孩儿坐在她车前面（这样带孩子是极不安全的），被包裹得严严实实。

这一幕，温馨感人。包裹严实的孩子也许根本感觉不到外面的风雨，更不知道母亲用牙齿拉了拉披风来挡住风雨，孩子感受到的只是母亲的温暖，这就是母爱啊！

不由想起冰心的那几句诗：母亲啊！天上的风雨来了，鸟儿躲到它的巢里；心中的风雨来了，我只躲到你的怀里。

2018 年 3 月 20 日

四

今天上班，在小区门口，看到一位爷爷骑着电动三轮车，小小的车厢里坐着三个孩子。爷爷慢悠悠地开着，我不由望了望，三个孩子都在低头看绘本，这么珍惜时间，真是用功的孩子！

我用目光追随他们很远，晨风吹拂着孩子们胸前的红领巾，在这样明朗的早晨，一切都那么美好！

只是我还是有那么一点点希望，希望孩子们能抬起头来，望望这早晨明媚的阳光，这初夏蓊郁的树木，还有身边匆匆走过的人们。甚至，还有一点小小的怀念，怀念着，曾经有一队队的红领巾，唱着欢快的歌声，迎着朝阳，走在乡间的小路上，奔向美丽的校园！

2018 年 5 月 14 日

五

上午从亲戚家回来，乘坐 310 路公交车，在安泰佳园站点上来祖孙俩。坐在我们对面，刚坐下，女孩就兴奋地连珠炮似的说：“俺爹，我培训结束啦，我工资要涨一百呢，我做班主任啦！”

女孩老爹眉开眼笑地望着她：“哎呀，俺孙女能做班主任啦！”

老人有点不放心地问：“你能管住幼儿园那些孩子吗？”

“俺爹，放心！我能！幼儿园小朋友可喜欢我啦！俺爹，今天到大润发我要给你买两大瓶蜂蜜，我涨工资了呢！”

老人幸福地望着女孩，连声说：“俺听俺大孙女的！”

我不由多看了那女孩几眼，女孩衣着很朴素，脸红扑扑的，算不上漂亮，但她浑身洋溢着青春的光彩，是那么美好那么迷人！我相信这个女孩，相信她一定会成为优秀的幼儿教师，因为她喜欢孩子，因为她热爱生活！

到大润发站点，祖孙俩下车了，我目送着这个女孩朝气蓬勃的背影！美丽的女孩，祝福你！

2018 年 8 月 29 日

最会“挑刺”的小读者

我的散文随笔集《木槿花》在朋友们的帮助下，终于和我的朋友家人学生们见面了！

正当我陶醉于朋友学生们的称赞时，我那上小学五年级的外甥给我来电话了，没想到他第一句话竟是：“大姨，有一首诗你写错啦！”我吓了一跳，赶紧问是哪一篇，他说，《菜场一景》那一篇里，那个卖鱼老板吟诵的诗有两处错，我们课本上是：“一去二三里，烟村四五家。亭台六七座，八九十枝花。”而你文章里是：“一望二三里”和“门前六七树”。

我赶紧和外甥解释：第一，为了忠实于生活所见所闻，我如实记录当时那人所念的这四句诗；第二，我个人感觉“门前六七树”比“亭台六七座”更符合那个卖鱼老板的身份特征，感觉外甥是勉强接受我的解释。

我还是查找了一下资料，的确有一首是和他小学课本上一样，说这首诗作者是宋代的邵雍，题目叫《山村》。我把书柜里的《宋诗鉴赏词典》（上海辞书出版社）找出来，结果里面只收有邵雍两首诗《安乐窝》和《插花吟》。我又查找了一下“一望二三里”，显示的竟是元代徐再思的五绝，其中第三句是“楼台六七座”。我有点困惑了，后来居然也查到了那位卖鱼人吟咏的四句诗，作者是无名。

昨天晚上，外甥又来电话了，说《都市来的女孩》那篇文章里写到的“小齐拉面”的“齐”字不对，应该是“祁连山”的“祁”。我说，当年住在宿迁中学老校区时，常去吃，就是那个“整齐”的“齐”。他非常肯定地说，不是这个“齐”字，我也去吃过，还问过爸爸那个字的读音呢，还说，《舌尖上的中国》用的就是“祁连山”的“祁”。最后，我只好说，好吧，我哪天带你一起去吃拉面，当面向老板求证。

我还是想早点给外甥一个答复，第二天早上，我和爱人冒雨去吃拉面。一进小巷，我就找招牌，果然“小祁拉面”赫然在目，牌子的底色是红的，字体是金色的，很漂亮，已然不是曾经的那面迎风招展的小旗子了。

老板见是老顾客，热情地和我们打招呼，我指着门前漂亮的招牌问老板：“最早招牌上写的不是这个‘祁’字吧？”

老板高兴地说：“你还记着这个呀！那是刚开业时，做门牌子的人把‘祁’字写成了“整齐”的‘齐’，认为反正就是个名字，就没有改，后来社区优化这条小巷环境，统一招牌，就改过来了。”我问他大概改多久了，他说有两三年了，看来那《舌尖上的中国》就是这个“祁”字了。求证之后，我把图片发给外甥，告诉他确认过了，现在的确是这个“小祁拉面”，但是最初招牌写的就是这个“齐”。虽然给了外甥答复，但是这个事情还是提醒我，我们的生活时时刻刻都在发展变化，我们要跟上生活的变化，否则，真的会出错。

没有想到，我吃过拉面刚到家，外甥又来电话了：“大姨，我发现你《新校区的蚊子》写得有点夸张，哪有那么多那么大的蚊子啊！”这次我十分肯定地对他说，这篇文章真的一点没有夸张，11 年前就是这个样子，你两个姐姐的脚面上还留有蚊子咬过之后因为过敏留下的疤痕。当然，现在这里高楼迭起，蚊子已经少了很多。他不由感叹：“还真有这样艰苦的环境啊！”是啊，后来者往往是无法想象先行者们所遇到的艰难困苦。

我读书，也喜欢“奇文共欣赏，疑义相与析”。只是没有想到，这次是和一个小读者交流，更没有想到这个小读者这么会“挑刺”，这位小读者也该亮相啦，他叫魏子博！

电话又响了，不会他又挑出“刺”来了吧？

2017 年 6 月 10 日

素琴清音

朋友说，星期天下午听蝉居女主人邀请一位古琴老师到听蝉居茶社做一次古琴讲座，我们一起去听听呗。

我向来羡慕那些能弹会唱的人，总感觉那是上天的恩赐，而我天生是个五音不全的人，没有乐感，更别提弹什么乐器了。

这天下午，我们早早来到听蝉居茶社恭候，没有想到，更有早来的人呢。当美女老师背着一张古琴，长裙飘飘走进来的时候，我只有惊叹：真美啊！

老师站到桌前，从琴囊中取出古琴，把琴轻轻放到桌上，然后正襟危坐，表情恬然，轻拨琴弦，琴音悦耳，仿佛是山间溪水，清亮淙淙。我不由啧啧称赞，老师也许听到了我们的赞叹声，就笑着说："我这是在调弦呢。"

这是我第一次见到古琴，我不由站起来，仔细盯着古琴。老师手轻放在琴弦上，然后给我们讲解古琴一些常识。

古琴，至少有三千多年的历史，又称瑶琴、玉琴、丝桐和七弦琴，是中国的传统乐器。

琴身长约三尺六寸五，象征一年三百六十五天；琴体下部扁平，上部呈弧形凸起，分别象征天地，与古时的天圆地方之说相应和，整体形状依凤的身形而制成，琴全身与凤身相应（也可说与人身相应），有头、颈、肩、腰、尾、足。

古琴最初只有五根弦，内合五行：金、木、水、火、土，外合五音：宫、商、角、徵、羽。后来文王囚于羑里，思念其子伯邑考，加弦一根，是为文弦；武王伐纣，加弦一根，是为武弦，合称文武七弦琴。有十三个徽，象征着一年有十二月，再加一个闰月。

老师在介绍古琴的时候，古琴是那么安静，但是它又似乎默默地用它的一徽一弦向我们述说着一个古老民族的悠久灿烂的文化。

老师师承“广陵派”，当老师说到嵇康的《广陵散》时，我似乎心有戚戚，“竹林七贤”的行事做派永远是中国文人精神世界的一座巅峰，他们的作品是中国文学史上光辉灿烂的一页。

老师脱口而出一首首琴曲：《梅花三弄》《高山》《流水》《阳春》《白雪》《汉宫秋月》《阳关三叠》《渔樵问答》《十面埋伏》，它们的名字穿越千年的风尘，它们的琴音至今清越泠然。

最后，老师为我们弹奏了一曲《阳关三叠》。在清扬的琴音里，我仿佛在欣赏一帧帧优美的画作：先民的“窈窕淑女，琴瑟友之”；王维的“独坐幽篁里，弹琴复长啸；”刘禹锡的“谈笑有鸿儒，往来无白丁。调素琴，阅金经。”

琴弦戛然而止，但琴音绕梁。我多么渴望有一天，我能够从琴音中听懂先贤们的语言，也能听见自己的语言。

本文为2018年江苏高考下水作文

附：2018年江苏高考作文题：

花解语，鸟自鸣。生活中处处有语言，不同的语言打开不同的世界，比如雕塑，基因等都是语言，还有有声的、无声的语言。语言丰富生活，演绎生命，传承文化。

请以此为话题写一篇不少于800字的文章，题目自拟，体裁不限，诗歌除外。

2018年6月7日

在听蝉居，有一群诗人

新正初三，古黄河畔听蝉居，一场新春诗会正在进行。可谓少长咸集，高朋满座，春色微和，诗意浓浓。

有幸参与，有幸目睹一群诗人的风采，有幸聆听他们的故事。

他们，在 28 年前，是一群年轻的诗人。他们诗性遄飞，以诗会友，举办诗会，朗诵诗作，诗情盎然，快意自得。可以因为突然想念诗友而结伴寻访，没有路途遥远的顾念，没有炎炎烈日的概念，心中只有单纯的对诗友的想念。途中遇到一条清澈荡漾的河流，可以毫不犹豫跳进河里痛快畅游一番，然后再上岸访友。已经发黄的“模糊的叶掌”“星稀诗社”记录着他们用青春挥洒的诗句。

从他们身上，我似乎看见了魏晋士人的风流，想起《世说新语》中《雪夜访戴》的故事，一句“乘兴而去，兴尽而归”道出魏晋士人的随性自在，洒脱旷达。这群诗人年轻时候何尝不是如此率性潇洒。

远路赶来的一位诗人听到这里，不由艳羡道：“你们真幸福，你们是一群人追寻着诗歌，那时候，我可是一个人行走在追寻诗歌的路上，没有同伴，没有回声。曾经，我一个人怀揣着诗人舒婷的诗集，跑到鼓浪屿，在小岛上寻找着诗集中的一草一木，寻找着每一幢有故事的宅子。

当然，我还是很荣幸，见到了我敬慕已久的诗人舒婷。”

这就是一代人的青春，这就是一代诗人的诗歌之旅！

我不由暗暗地敬佩着他们，仰慕他们的才情，羡慕他们的率性。当他们已经在诗歌的道路上逸性高歌时，我还在大学图书馆里狂抄着徐志摩、戴望舒等人的现代新诗，北岛、顾城、舒婷等人的朦胧诗，余光中、席慕蓉等人的乡愁诗。星光灿烂的夜晚，我和舍友们在操场上漫步，我们仰望着这一群群如明星一样闪耀的诗人，吟咏着他们一首首动人的诗歌，这些诗歌滋养着我们的青春。

今天，当年本土的这群诗人，在岁月的淘洗之后，两鬓已有了华发，但诗情依旧燃烧。现在他们终于又聚在了一起，终于又续上了 28 年前的诗行，也圆了一生的梦想。令他们高兴的是，他们的身边又多了一群志趣相投者；他们的身后，又多了一批仰慕者；更可喜的是，他们身后有了更多年轻的追随者。

主持人其成君说，这是一次继往开来的新春诗会，它如这悄然而来的第一场春雨，润物无声；它如这正在蓬勃生长的春草，绿意绵延天涯。

我感谢这次新春诗会，让我遇见一群对诗歌痴爱之人，我更怀着骄傲，和他们一起追随着诗的芬芳。

2018 年 2 月 19 日

一方手绢

周末，几位朋友小聚。席间，我们都使用餐巾纸，我那位刚结识的朋友却掏出手绢，我非常惊诧。

我忍不住地问："你现在还用手绢？"

她微笑着说："是的，我一直坚持使用手绢，我认为手绢比纸巾更环保。"我不由对这位年轻的朋友心生敬意。

望着年轻友人那方洁净的手绢，尘封的记忆中，一方手绢缓缓地向我飘来。

那是一方曾经在童年时常常用来做游戏的手绢。那时候，手绢是女孩最美丽的奢侈品，能拥有一条花手绢是值得炫耀的。有了一条花手绢，小伙伴们就可以玩最时髦的"丢手绢"游戏。校园的操场上，田间的草地上，一群女孩子欢快地一遍又一遍地玩着这个游戏。游戏开始，她们手拉手围成一小圈蹲下，用"石头剪刀布"推选出一个丢手绢的小伙伴，被推选丢手绢的伙伴沿着圆圈外围快走或小跑，大伙儿拍着手唱着：丢、丢、丢手绢 / 轻轻地放在小朋友的后面 / 大家不要告诉他 / 快点快点抓住他 / 快点快点抓住他……在大家都在尽情歌唱时，丢手绢的伙伴不知不觉地将手绢丢在其中一人的身后，然后若无其事地继续跑。有的小伙伴特别机敏，能够一下子就判断出自己背后有手绢，于是迅速起身追逐丢手绢的伙伴，丢手绢的伙伴沿着圆圈奔跑，跑到被丢手绢人的位置时快速蹲下，如果被抓住，那就要表演一个节目。而我，常常是不能及时发现身后有手绢的那一个，常常让丢手绢的小伙伴跑了一圈后抓住，当然，被抓住也有一个好处，那就是，要做下一轮丢手绢的人。

曾经，和学生们一起讨论每一代人玩的游戏，当我给他们介绍了这个游戏时，没想到他们异口同声地说："老师，这个游戏单调极了！"也许，在各种游戏特别是网络游戏极度丰富的今天，这个"丢手绢"游戏的确单调了些，但是它曾给一代人的童年带来无数的笑声、无尽的快乐。这首《丢手绢》歌也几乎被人遗忘，连同遗忘的还有那简单快乐的童年生活。

曾经还有一方手绢，给少年的我带来洁净的芳香。

记得那是小学五年级开学的第一天，班主任曹老师领着一位女孩走进教室，女孩一进教室，我们那低矮的茅草教室一下子敞亮了，我几乎屏住了呼吸，这是我第一次见到这么干净、漂亮、洋气的女孩：大大的眼睛，白白的皮肤，身穿美丽的格子裙。老师说，她来自南京。南京！南京！南京在哪里？这个美丽的女孩来自南京！

南京女孩普通话真好听，下课时，有同学故意逗她说话。更奇怪的是，第二天，班里那几个特别邋遢的男生，脖子上那一圈黑乎乎的"项圈"好像不见了，衣服也整齐了一点。

在她面前，我似乎有了小小的自卑，羡慕她，但又只是远远地看着她。

是一节体育课，让我们成为朋友。那节课上，在跑步时，我鼻子出血了，对农村孩子来说，这很寻常，我捏着鼻子仰着头朝操场南面的小河边跑去。这时候，只见南京女孩跑过来追上我，把手绢递给我，我一看这么干净的手绢，实在舍不得把它弄脏，她看我不拿，就直接把手绢按在我鼻子上，鼻血一下子把手绢染红了。

我们到了小河边，她赶紧用手绢沾水冰我的脑门，湿漉漉的清凉和手绢上淡淡的清香让我神清气爽。鼻血终于止住了，可是那方干净的手绢染上了鼻血，那是一方多么干净漂亮的手绢呀，洁白的手绢上还有一枝红梅。

我羞怯地说："让我把手绢带回家洗干净再还给你吧？"

她笑了："没关系的，我自己洗。"然后，就拉着我跑回操场，她的手那么温暖而柔软。

从此，校园门前的小河边，校园东面的田埂上开始有了我们的身影。

我教她识别麦苗和韭菜，教她认识了蒲公英、狗尾草；她给我讲南京长江大桥的宏伟，讲夫子庙秦淮河的繁华。我总感觉我告诉她的这些很简单，就在眼前，一伸手就可以抓到；她讲给我的那些，是那样的模糊和遥远，我所见的，只是这方圆几公里的村庄，我所熟悉的就是这里的小河和田野。

寒假里，我央求爸爸给我买了一块新手绢，白底上印着一朵荷花，粉色的，那朵荷花好大呀，几乎占了手绢的一半。

我要把这块手绢作为新年的礼物，送给她。

终于盼着开学了，可是她却没有来，老师说，她随父母回南京了。我悄悄拿出那块手绢，又默默地收了起来，心里特别失落。

她回到了属于她的城市，我依然在属于我的乡村，从此我们再无音讯。

但是她那方手绢上的干净芳香，还是深深地影响了我，我开始学着把手绢叠得方正，也让手绢有了淡淡的皂香。感谢，在我少年时候遇到这样一位朋友，让我感受到干净整洁是多么美好，它可以像一束光，照进一个人生活，让生活多一分明亮。

手绢，我生命中曾经重要的物件，已遗失在岁月滚滚的长河里。

那方美丽的手绢，现在也不知飘落何方？

2021年8月28日

锦车天外来

今天，是宿迁交通史上崭新的一页——2019年12月16日清晨7点38分，第一列“和谐号”列车驶入宿迁！

今天，在全国的高铁枢纽上，新增了一个微小却闪亮的名字——宿迁站！它标志着宿迁交通进入高铁时代！

今天，所有的宿迁人都欢呼雀跃！尽管我没有亲临现场，但从微信群朋友圈还是感受到了浓厚的热烈和无尽的欢乐：那每个人脸上洋溢着的欢喜，那满是力量高高举起的鼓槌，那一排排一面面迎风招展的彩旗！

我从朋友发来的视频里听到了乘务员悦耳的声音：“各位旅客，你们好！从徐州东开往连云港方向的动车D5681次列车已经到达宿迁”。这是我今天听到的最甜美的声音，犹如天籁之音！我一遍又一遍地看着这个只有15秒钟的视频，看着巨龙一样的列车驶进宿迁站，它的身姿是这样的流畅和优美！它是我见过的最美列车！我一遍又一遍聆听着这位女乘务员甜美的声音，也许对于这位乘务员来说，向旅客们播报列车抵达的站名，只是她的职业要求，但是也许她不曾想到，今天她向乘客报告的这个小小的普通的站名，会让成千上万的人激动！也许她不会想到，这段语音会被截录下来，被人们不断地发送，她更不会想到，她这段语音在今天会传遍所有有宿迁人的地方，并被反复聆听！

我也把这动人的喜讯美好的声音转发给亲人朋友和弟子们，特别想让那些在外地工作的亲朋和弟子们看到。我家孩子三叔，自军校毕业后就在东北部队工作，后来，家安在了沈阳，离家已经30多年了，平时回家一趟很不容易。随着年龄增长，他越来越想念老家。今天，他看到宿迁通上高铁这个喜讯后，特别激动，不仅在家庭群里发来了很多祝福，还转发了朋友圈。这不，他的朋友圈一段截屏来了，内容摘录如下："谢谢各位战友各位亲朋点赞，我代表老家宿迁邀请您：去喝海天梦之蓝，去吃洪泽湖骆马湖大螃蟹，去游西楚霸王项王故里，去泛舟京杭大运河……"他既表达了宿迁人的热情好客，又表达了思乡之情，似乎意犹未尽，又吟咏了一首小诗："生长西楚运河边，从戎白山黑水间。乡音虽改情未迁，魂绕梦萦是故园。"他的字里行间是满满的故园之思，对游子来说，能够乘上一列快车奔向魂牵梦萦的故乡是多么让人心驰神往。

也许有人会说，不就是高铁枢纽上一个普普通通的站名么，值得你们这样激动兴奋，值得你们这样一遍一遍地念叨？

我的回答是——值得！非常值得！

今天，世界各地的宿迁人说得最多的是："为什么我的眼里常含泪水？因为我对这片土地爱得深沉！"

"各位旅客，你们好！从徐州东开往连云港方向的动车D5681次列车已经到达宿迁！"

今天，宿迁向世界发出邀请！

西楚大地，列车飞奔。

八方有朋，鼓瑟吹笙！

2019年12月16日

附小诗

“教育”的一种

——观鸟类表演有感

你的名字叫鹦鹉
乖巧机敏，善学人语
聪明伶俐，拼图识字
今天，你又让我见识了
人类教给你的
一项新本领——
识别金钱

你乖乖地听从主人的指令
从孩子们高高举起的手里
衔走一元一元纸币
你的主人利用你的聪明
诱导着游客
夸你喜欢大钞
夸你最喜欢红色

这时你歪着头
闪着亮晶晶的眼睛
四顾寻觅那大钞

这一刻
我才知道
人类教育的厉害
竟然能教会一只鸟儿
识别了金钱

我不知道
当你眼中只有了金钱
是否还能记得那绿色的森林
那高远的天空
如果鸟儿忘记了蓝天和绿树
我不知道该为谁悲哀

2018年3月19日

驯服者的悲哀

——观看东北虎表演有感

你的名片是东北虎
可是你却被困在了
高高的密密的铁笼里
当人类挥起一米长的铁鞭
你温顺地连连打滚作揖
还来一个莲花座
那神情比猫还谄媚

表演之前
你沿着铁笼边大踏步疾走
这时候我还是看到了
你曾经的野性和威猛
表演结束
你被关进狭小的黑屋
我分明听见你一声低吼

我离开时
广播里那个美女还在一遍遍
对你甜蜜地称赞
称赞你神秘辽阔的出生地
显赫的家族高贵的出身
还有你那王者的风范
但更称赞你今天温驯卖力的表演

你表演时的配乐是
“我的未来不是梦”
我不知道是有意还是巧合
我不知道你梦里可否还有
故乡那片深邃茂密的大森林
我不知道你的心里
可否还有着希望的梦在跳动

看着你被驯服的眼神
我没有胜利者的骄傲
只有深深的悲哀

2018 年 3 月 19 日

（注：3 月 18 日，竹泉村一日游。导游带我们游览了竹泉村的溪流和翠竹之后，又指引我们去看鸟类表演和动物表演。我们赶到动物表演馆，看到场地中间有一个大铁笼子，面积二三十平方米。两只老虎在走来走去。然后开始表演，观看后我没有欢喜只有悲哀。于是写下一点感受。）

陪我去远方

你曾说陪我去远方
可是你一直都很忙
远方就成为我的梦想

朋友圈里的美景
一天一个样
看得我心里直痒痒
真想也能一个人去远航

可是一个人的行囊
孤单又彷徨
几十年的风雨
习惯你陪在我身旁

坎坷泥泞的路上
你握着我的手更有力量

阴霾的日子里
你的笑容如阳光

只要有你陪在身旁
不是远方却也风景别样
每一天也都充满着花香

2017 年 8 月 26 日

写在教师节

从没有像今天这样
有关教师的文章
铺天盖地，刷屏
似乎唯有如此才像个节日
有人说教师是蜡烛
燃烧自己照亮别人
有人说教师是太阳底下
最光辉的事业
似乎冠以崇高的头衔
就能够把平凡变得伟大
似乎有了伟大
才有了职业的荣光
其实，真正的伟大
孕育于平凡之中
他如阳光一般
照亮自己照亮别人

他如雨露一样
滋养自己滋养他人
他是大地上的花一朵草一棵
芳香自己芳香别人
自己茵茵他人茵茵
心里装满着爱的园丁
一棵最不起眼的小草
在他眼里也会长成
参天大树
这是我对教师职业的理解
也是我热爱这一职业的理由

2017 年 9 月 10 日

诗意听蝉居

听
蝉在唐诗宋词里吟唱
居高声远
有朋来自八方

听蝉居——
你来了
我来了
我们都来了

第一次，源于一杯酽酽的茶
第一次听说
彩云之南的古茶树哟
每片叶都发着光飘着香

后来，似乎成为习惯

喜欢走进听蝉居
每一次走进
都收获着喜悦和成长

走进听蝉居
就是走进一首首动人的诗章
《秋天的茶豆》《一头老牛的背影》
都是永恒的《乡音》永远的乡愁

《运河心》中
还深深地眷念着
《生命中的那抹绿》
所有的诗句都《在白纸上散步或飞翔》

端午沉郁的涛声
“六一”清亮的童谣
《就像一株野蔷薇》
都在《四季履痕》里绽放

这里有西江的月
如雨的星
一封写给青春的情书
还有一株仙草在流浪

什么，你想听故事

好，来吧

这里有

冯老师和他的天使之翼们

袁老师和《藏书名家王相》

父亲的《苹果皮》

《诗人与野猫》约会

还有，那些年，一同走过的我们

看

听蝉居又济济一堂

听

听蝉居里《流水》淙淙

2020 年 1 月 7 日

致天使之翼的孩子们——

荷塘边

清晨，荷塘边
荷香轻飘
红的白的花朵
洁净，一尘不染
一阵微风
荷叶轻摇
那粒夜明珠
在宽大的荷叶上舞蹈
“扑通”
岸上一只青蛙
跳进河塘
蛙泳了几招
蹲到了荷叶上
鼓着大大的眼睛望着我

是邀请 还是炫耀
我对它开心一笑

2017 年 7 月 3 日早晨

喇叭花

菜园的篱笆旁
长着几棵喇叭花
碧绿的叶
纤弱的茎
有的匍匐在地
有的缠绕着篱笆

主人似乎并没有在意
这几朵小小喇叭花
美丽的模样
她辛劳的眼睛里
似乎只有园子里的
茄子辣椒和黄瓜

这有什么关系
喇叭花依然
朵朵努力向上
管它酷暑管它风雨
生命的号角靠自己吹响

2017 年 7 月 4 日

风雨后

天亮了
一夜的狂风暴雨
看看园中的花草怎样了

含羞的紫薇
粉色的霓裳薄如蝉翼
晶莹剔透

金色的美人蕉
脸儿饱满润泽
腰肢青翠挺拔

顽皮的狗尾巴花
尾巴上挂满了颗颗珍珠
一闪一闪亮晶晶

勤劳的小蜜蜂
唱着嘤嘤的歌儿
翩翩来访

原来，我一夜的担忧
竟是庸人自扰

2017 年 7 月 7 日上午

一粒种子

一粒小小的种子
深藏在厚厚的土壤里
默默地吸收着大地的给养
还有那来自大地深处
母亲温热的气息

这粒小小的种子
努力让自己
饱满健壮，生气勃勃
它在等待
等待那个破土而出的时机

终于
一个雨过天晴的早晨
这粒小小的种子
钻出了地面
长出了碧绿的水灵灵的嫩芽

默默地祝福
这棵生命之芽
不畏严寒酷暑
不畏风霜霹雳
勇敢茁壮地长大

2017年7月11日

烈日

太阳
刚跳出地平线
就热烈地给你拥抱
你无一处不热乎
无一处不流汗
你似乎想逃避
这如火的太阳

孩子，你看
烈日下
路边的小草
欣欣而向荣
道旁的紫薇
满满的一树繁花
篱笆墙上的凌霄
努力地向上 向上
再向上

孩子
想对你说
经过烈日暴晒的生命
更茁壮
经过酷暑蒸烤的生活
更芬芳

2017 年 7 月 24 日

怒放的青春

——悼女共产党员王华烈士

拨开历史重重的烟云
我走向你——王华
走向一位十八岁女共产党员的世界

你出生于贫苦农家
你说是共产党给了你新的生命
十七岁你向党旗庄严宣誓
鲜红的党旗点亮你美丽的青春
你愿把青春和生命交付给党

你积极参加妇救会
你做军鞋、送情报、救伤员
桩桩件件把重担勇挑
为革命工作日夜奔忙

难忘啊，那一日——
1947 年 4 月 28 日
为了保护群众
你勇敢地走向敌人
你像一团火焰
灼伤了敌人的眼

金钱能收买共产党员的心吗，可笑
官太太能动摇共产党员的信仰么，愚蠢
“共产党员绝不出卖党的秘密”
至今还在每一位共产党员心中回荡

你那双美丽的红花鞋
在我眼前舞蹈
仿佛就是瞬间
变成烧红的铁烙
敌人没有想到
你的意志比烧红的铁烙更坚更烫

气急败坏的敌人
残忍地把你杀害
你倒下的地方
小草呜咽，花儿含悲
你的青春从此定格在十八岁

你和刘胡兰一样，

牺牲在 1947 年的春天
你和刘胡兰一样，
“生的伟大，死的光荣”
你和刘胡兰一样，
怒放着的青春——永恒

多少年了，我们不会忘记
你——党的优秀女儿
一个为新中国献身的战士
我们不会忘记
你殷红的青春
已经在花朵里绽放着清香

今天，你热血倾洒的土地
和平安宁，麦浪翻腾
一队队鲜艳的红领巾
向你庄严宣誓
英雄的基因
永远代代传承

2021 年 6 月 6 日

跋：一个单纯的人

张维国

安春红是我的爱人，她的散文随笔集《轻言慢语》即将付梓成书，在朋友们一再鼓励下，我写了这篇短文，希望对读者有一点点帮助。

我爱人一直是个单纯的人，结婚30多年了，我也没能改变她。

在大学校园里第一次接触，发现她爱读书，原以为这只是专业要求，是职业使然，慢慢发现读书已经是她生活的一部分。她相信文字的力量，相信文学的力量，工作以后乃至成家以后，她喜爱读书的习惯并没有改变。两个孩子还小的时候，经常都和她妈妈一样，每晚每人怀里抱本书睡着。现在她退休了，又积极参加各种读书活动，努力为孩子们做阅读推广，还常常拉上我，让我也参与到阅读推广中。

也许是因为读书，让她成为一个单纯的人吧。

一个单纯的人，一定相信世界万物都是真的。正如王其成先生在本书序中所言，有时他们在办公室讲的事情有点夸张，她就会瞪大眼睛问，是真的吗？她确实是这样有点天真的人，包括在家中，有时候我和孩子们想制造点氛围，故意逗她，她都信以为真，眼看天被聊死了，我们又赶紧把真相告诉她。孩童时候单纯，这是儿童的天性，而她如今年近花甲，还像孩童一样纯真，实在难能可贵，说实话，我有时也很难理解。

一个单纯的人，必定是一个真诚、率真的人。她只要遇到同学老师，不管在哪里，她都会大叫一声，啊，老同学！啊，刘老师！有时还会又蹦又跳。偶尔大家庭聚会，她也会这样。我曾经说她，值当这样激动吗？能不能矜持点？她就说，我当时就是这么开心呀！见得多了，我也就习惯了。

一个单纯的人，则处处体现真实，包括她的作品有时我都感觉有点太“真”了。可以说，她写人真写事真，表达情感更真，可谓“真”到家了，她把在日常生活中的自身的“真”毫无保留地带到了作品中，从没有虚情假意，也没有花里胡哨。

她写平凡的人写寻常的事，从不嫌事小，更不会编造故事，学生寒假来看她，带两袋火锅底料，女生织的围巾由于第一次毛线没够还存在色差，一片糖纸、一方手绢，无一不是细小的事。她写情，却很少出现“情”字，但每一件事都体现了浓浓的情意，如学生争着为她抱电脑，班主任老师带着她慢跑锻炼身体，与核酸检测志愿者的小小互动等。她多次写到一群文友，周主席的泪光、冯老师的情不自禁、徐老师的慷慨激昂，爱国之情跃然纸上。甚至在语言表达上，文章中的角色怎么说，她就怎么写，从来不去修饰，有时我建议她使用书面语，她却说，我们都是在随性交谈，不可能咬文嚼字。是啊，咬文嚼字还叫朋友聊天吗？原来她是有理的。

一个单纯的人，自然就能看淡一切，减少诸多烦恼。有时候我会向她诉说工作中的一些不愉快，她却从另一个角度来理解，立刻让我释怀。我发现，一个单纯的人，似乎更能理解宽容别人，看问题似乎更简单，因为简单反而容易解决问题，人也变得更轻松。

一个真正单纯的人很容易发现生活中的美好。人们常说，熟悉的地方没有风景，而在她眼中，身边的美景是永远看不完的。三台山国家森林公园一经建成对外开放，立马成为她第一打卡地，正常的年份我们每年都要畅游三台山达十几次。我们都是周末或节假日上午开门即入，下午两三点钟回家休息，中午在景区买点小吃，用她的话说，既然来了，就要为家乡的景区做点贡献。我们小区后面的古黄河生态公园更是让她欣喜不已，她常说，多么幸运啊，有这么优美的地方。春天的梅花、杏花、桃花、绿柳，夏日的荷花、睡莲，秋天的枫叶、银杏叶等，自然是她喜欢的美景，寒冷的冬天，一片萧瑟，她会看到芦花漠漠。她还关注到与荷花、睡莲作伴的梭鱼草、再力花，等等。

一个单纯的人，有时也会很烦人的。这不，陪她去配副眼镜，技师检查后说她眼底很清澈，她骄傲了大半天，并不时地嘲笑我眼底有点浑浊；陪她去散个步，她却捡了一把枯叶带回来，作为一个大男人，我是不屑的。

一个单纯的人，除了时时处处体现纯真美好，还总会心存善意，总会激发无穷的爱心，“爱”也是她创作的源泉。

她热爱家乡，只要有空就要回老家看看，尽管那里现在只有几间老房子，她爱那里的一草一木、邻里乡亲。我知道她对这片土地爱得深沉，她的很多作品都表达了对故乡的爱和忧，如本书中《我的改了名字的村庄》，还有她的第一本散文随笔集《木槿花》里的《故乡的河》《故乡的天空》《远去的村小》等。

在她的作品中写人间之爱的最多。她写家人之间的天伦之爱、朋友之爱、师生之爱。难能可贵的是还写了陌生人之间的理解和关爱：不打扰环卫工人在树荫下午休，给未带零钱的乘车人买票，为了让卖菜老人早点回家把剩菜包圆……

在她眼里，所有生命都值得珍视，在前往校园的路上看到一只受伤的蛤蟆，担心被莽撞的学生骑车轧到，在雨后的公园里散步，担心在小径上爬行的蜗牛被行人踩到，都小心地把它们移到路边草丛里，诸如此类，只要被她看到，她就去做。

一个单纯的人，一个与人为善的人，可能自带磁场，很容易被人接近被人信赖吧。一次和她一起在湖边沙滩上玩，有个小男孩一见面就跟着她一起捞小田螺；在宿舍区，邻居家的租客晒个被子就跟她有聊不完的话题；清晨在公园散步，坐在父亲胸前腰凳上还不会说话的婴儿都给她甜甜的笑脸。

由于纯真，在她的身边，一切虚伪的东西都难以藏匿。与她生活在一起，我也感到纯净感到骄傲。

谨以此文献给我至真至爱的人——安春红。

写于 2023 年初夏